抱歉，我討厭我的孩子

四絃——著

母親的故事

欸，妳有聽過這個故事嗎？

很久很久以前……不知道為什麼童話故事永遠都要以「很久很久以前……」當作開頭？總之就是很久很久以前，有一天有一個母親失去了她的孩子，她慌張的走出自己的家門尋找孩子，看見一個白髮蒼蒼的老女人，她問那個女人，請問妳有看見我的孩子嗎？老女人說：「我可以告訴妳孩子的下落，但妳必須把妳一頭烏黑的頭髮跟我交換。」

母親二話不說，就把自己美麗的長髮跟老女人交換，老女人這才滿意地點點頭，指著森林的方向說：

「妳的孩子被死神帶走了。」

母親進入了陰暗的森林，眼前是一條分岔路，她不知道應該要往哪裡去，於是詢問路上的荊棘。「請問你有看見死神往哪裡走嗎？死神帶走了我的孩子。」

荊棘看著焦急的母親說：「我待在這個陰暗潮濕的地方好久好久，如果妳可以擁抱我，用母親的懷抱溫暖我，我就告訴妳死神往哪走。」

於是母親毫不猶豫擁抱著荊棘，荊棘的刺劃破了母親的皮膚，母親渾身是傷，血液溫暖了荊棘，荊棘開出了豔紅的花朵。於是荊棘告訴了母親死神的去向。

傷痕累累的母親按照荊棘指引的方向前進，卻在廣大的湖泊停下了腳步，於是母親哀傷地詢問大湖，可不可以幫她渡過這裡，她願意付出任何代價。

大湖說，妳的眼睛好美麗，像天一樣蔚藍、又像海一樣深邃，如果妳願意把妳的眼睛給我，我就讓妳過去，於是母親挖出了自己的雙眼送給了湖泊。

妳說這是《安徒生童話》裡的故事，對對對，就是這個。

總之我要說的是，妳看，這是一個多令人感動的故事啊，真正的母親，是願意為孩子犧牲一切，這就是真正的母愛啊。

所有的母親，都會用生命愛著自己的孩子，不是嗎？

第一部　授乳

1.

「哈啾！」

推開小叔的房間門後，我立刻打了一個噴嚏。

今天是小嬸從醫院回來的日子，前一天婆婆就吩咐我，要把小叔結婚前居住的那間房打掃好，換上新的棉被與被單，讓剛剛生產完的小嬸可以住得舒舒服服。

灰塵是一種滲透能力極強的東西，簡直無孔不入，小叔自從與小嬸結婚後，就算小叔的房間已經將近一年半都沒有人居住，平時也是緊閉著門窗，鮮少會有人去開啟小叔的房門，但裡面卻還是積滿了灰塵。

據說室內的灰塵有九成都是人類皮膚新陳代謝脫落的角質層碎屑，也就是說這一層又一層的灰塵有一半以上都是從老公、公婆這些沒有血緣關係的人身體上脫落下來的皮屑，一種莫名的噁心竄起，令本來就因懷孕而容易感到反胃的我，咽喉湧上一股難以抑制的反嘔，但由於這是婆婆的命令，我也只好硬著頭皮走進充滿灰塵的房間。

我一直都有過敏性鼻炎的毛病，從剛才推開小叔的房間門就噴嚏不止，現在懷孕三十二週，又不能隨便吃藥，只好戴上兩層口罩繼續打掃。

環顧小叔的房間，有三坪大，還有獨立的衛浴設備，以前原本是我與老公的新婚房，小叔第一次考大學沒有考到理想的學校，在家自修了一年，婆婆說小叔需要一個安靜舒服的環境才能好好考試，房間裡有廁所，小叔不用每次想如廁時就要跑到樓下的浴室，來來回回的容易分心，所以央求我與丈夫把房間讓給小叔。

但我與丈夫就睡在隔壁，每天晚上一直到深夜時分都還可以聽見小叔在打電動的聲音。

而現在我與老公居住的房間只有這間房的四分之三大小，還沒有獨立的衛浴設備，女兒又還小，喜歡黏著母親，每天晚上我們三人就像是擠沙丁魚一樣並排在雙人床上，我時常被睡相差的女兒與老公擠到床的邊緣，只要稍微翻個身就會掉下床。

小叔成婚後，我曾經拜託老公去問問婆婆，可不可以搬回原來的房間住？婆婆卻說小叔婚後有時間還是會回來住，要我們不要去動小叔的房間。其實我心裡明白得很，婆婆到現在都沒有放棄小叔會回家長住的希望。

三坪大的房間雖然不小，但小叔婚前喜歡蒐集漫畫與玩具，他的床左右兩側與床頭上都有三合板製的書架，上面堆滿小叔的收藏品。婚前小叔所有的薪水幾乎都花在這些東西上，也從來沒有拿過一毛錢回家，但老公到現在還是一領到薪水就把一半的金額交給婆婆。

老公在職業學校畢業後就立刻投入職場，沒有再繼續升學，因為聽說那時候婆婆在朋友的邀約下起了一個會，但這位朋友卻捲款跑了，還有好幾個會腳都是親戚朋友、街坊鄰居，幾乎每天都有人上門哭著找婆婆，要他們行行好，那些錢可是他們的棺材本。

老公說當時婆婆跪在地上，哭著承諾一定會還錢，見到母親被錢逼得快要自殺了，那時剛要高中畢業的老公毅然決然選擇就職，幾乎賺的每一分錢都在替家中還債，一直到我嫁進來的頭一年都還在還這些債務，所以我們的婚事辦得很低調，除了那時我已經懷了老大，不方便辦桌宴客，另一個原因，婆婆就是不希望這些債主知道家中居然還有閒錢與閒情逸致辦喜事，關於婚禮的事其實我也不太在意，因為我幾乎沒有什麼親戚朋友可以來為我祝賀。

婚後的我即使大腹便便也不敢隨意離職，直到生產的前一天都還在工作，幫忙賺錢還完了家中的債務。

婆婆堅持這個家裡一定要有一個大學畢業的，不然她會被親戚朋友瞧不起，笑她都沒有栽培自己的孩子，所以堅持要讓小叔念大學。

但小叔的學習成績一直都不盡理想，以小叔當時的成績，稍微像樣一點的學校都考不上，花了好多補習費，最後還是重考一年，才遂了婆婆的願，進入差強人意的私立大學，念了五年才拿到畢業證書，失業將近一年才找到工作，但工作所得卻一毛都沒有拿回家。

婆婆說現在的時機不好，大學畢業都找不到像樣的工作，不像老公有個一技之長，雖然是出賣勞力的辛苦工作，但是薪資遠比大學畢業的小叔多得多了，所以就沒有要求小叔負擔家裡的費用。

小叔婚後收斂多了，因為小嬸掌握家中的經濟大權，不讓小叔花錢買這些東西，把抽了十幾年的菸一口氣戒了，說是兩個人一起存錢，幾年以後可以買一間自己的房子。但我觀察過小嬸所使用的東西，小嬸從來都不拿叫不出品牌的包包，也不用專櫃品牌以外的保養品，若不是小嬸的娘家會給他們夫妻購屋支助，或者是婆婆會偷塞錢給他們，還真不知道以小叔的薪資以及小嬸這種花錢的方法，要怎麼支付房子的貸款？

婆婆老是逢人就誇獎小嬸會持家，比她還有辦法管教住她那個從小不知節制、像是脫韁野馬一樣的么兒。還說小嬸是在國外念過書的，果然就是不一樣，是知識分子。

雖然我的學歷不如小嬸，只是個普通高職的畢業生，但她也知道其實小嬸所謂的「在國外唸過書」，也只不過是去加拿大當過幾個月的交換學生，寄宿家庭還是移居溫哥華的華人移民，根本就只是去個暑期觀光旅遊罷了，到底有什麼了不起，值得婆婆逢人就要四處炫耀她這個二媳婦是喝過洋墨水的。

婚前小嬸與小叔就已經搬離這個家，小嬸當時堅持搬離老家的理由，是因為新居離小叔上班的地點比較近，但是婚後不久小叔就離職了，現在工作的地點距離婆家只有五分鐘的路程，小叔有時中午還會回家吃中飯，就算家中已經沒有飯菜，看見小叔回家婆婆也會特地叫我再煮些別的菜給小叔吃，小叔吃完飯連碗都不會拿到水槽裡放，拍拍屁股離開餐桌就在沙發上睡午覺，卻要每天花將近一個小時往返家中與職場。

每當婆婆說既然上班的地點離老家這麼近，為何還要花錢搬出去住，怎麼不搬回家就好？

大家互相有個照應，還可以省點房租錢，小叔總是笑而不答。

其實我也很羨慕小嬸可以不用跟公婆住，但錯就錯在我沒有像小嬸一樣，一結婚就搶得先機，一開始就堅定地表明要搬出去的想法。總是想著剛剛嫁進別人的家門，不應該有太多要求，且那時家中還有債務未清，不方便開口說要搬出去住。心想等到債務還完了，有餘裕可以購置自己的房子時自然可以離家獨立，但是一晃眼就是將近十年。

公公婆婆雖然不算是太難相處的人，但是生活在一個屋簷之下，難免些大大小小的摩擦，這點也或許應該怪我自己，是我笨嘴拙舌，不像小嬸說得出好聽的話，我又不懂得揣測老人家的想法，對於討婆婆的歡心總是不得要領。

婆婆雖然不至於苛待我，但也總是冷著一張臉。待在這些沒有血緣關係的人的屋簷下看臉色，呼吸在長輩的鼻息之下，有時真的令人感到喘不過氣。

小嬸這一點就聰明多了，有了距離才會有美感，不用時常見面的人才能和顏悅色的對待，包容對方的各種缺點。

小嬸一個月才回家一兩次，每次都拿一堆吃的喝的用的孝敬公婆，就算只是飯後幫忙洗個碗、倒杯茶，公婆都開心得合不攏嘴，稱讚他們家的二媳婦就是乖巧又懂事，卻完全沒有發現，為了他們夫妻倆要回家吃個飯，從張開眼睛就要張羅的我，已經一整天都沒有坐下來喘口氣。

雖然我已經多次表達想要搬出去的意願，老公卻連開口都不敢，加上公公幾年前曾經中風過一次，身為長子的老公更是沒有辦法在這種時候丟下父母不管，離開老家獨自生活又更加遙遙無期。

也許是壓力太大，生下長女後的好幾年，我的肚皮居然一點動靜都沒有。

前兩年公婆還會安慰我，要我不要灰心，再多努力就好，親戚朋友介紹的補藥一帖又一帖的喝，哪一間廟的註生娘娘有多靈驗，千山萬水的拉著我們夫妻去參拜，孩子還是連個影都沒看見。

婆婆說怎麼跟頭一胎相隔了這麼久都沒有身孕，會不會是家中的風水流年出問題，拿著全家大小的八字去給別人介紹的算命師看看。

算命師說老公是多子多孫多福氣的命格，而我的命中有兩女。這可把婆婆急壞，原來她到現在都還沒有抱到金孫，都是我這個做媳婦的問題，於是到處拉著我去改運，紅花換白花、喝包生男的偏方，還要我多吃菜少吃肉，這樣才會生男孩，幾乎只要有人說有效的方法，我全都嘗試過了。

到了第四年，我的肚皮還是一點動靜都沒有，婆婆要我去醫院做檢查，是不是婦科方面有什麼毛病，還是生頭一胎的時候傷到了子宮，所以受精卵無法順利著床？

我也真的相信這麼久都生不出孩子是自己的問題，認命的跑遍各大醫院、診所的婦產科，但每個醫生都說我的身體狀況良好，不是無法受孕的體質，要我把老公帶來檢查。

我如實轉告醫生所說的話，老公沒說話，婆婆卻大發雷霆，大罵：

「妳這是懷著什麼心眼？居然懷疑是自己的老公身體有問題？全都是一堆庸醫。」然後又不知道去哪裡抓了一大堆苦得要命的中藥逼我吃下，嘴裡時時刻刻都是中藥酸澀的味道，就連呼吸的時候都彷彿可以聞到來自口腔的中藥味。

婆婆逼著我們快點懷孕，快點給我老公生個兒子，我只好主動向老公求歡。我永遠忘不了當時老公皺著眉頭拒絕，說只要靠近我就會聞到中藥味，讓他提不起勁，更遑論親我的嘴巴，讓我有好一陣子都不敢跟別人靠得太近，深怕別人聞到我身上的味道。

各種方式都嘗試過了，但我就是懷不上，婆婆終於動搖，懷疑或許我們夫妻一直都懷不上孩子的原因不是我，而是在老公身上，才安排老公去做不孕症的檢查，老公果真有精蟲活動力不足的問題，或許這就是這些年遲遲沒能再懷上第二胎的原因。

這時婆婆又把問題怪在我身上，說以前不是好好的，也生了大女兒，為何幾年過後居然變成這樣？一定是她給我的兒子太多壓力，才會讓他成千上萬的子孫都死光了。而老公卻一句話都沒有替我說，沉默地看著婆婆將他精蟲活動力不足的問題都怪在我頭上。

找到問題之後事情並未被解決，只是又產生更大的問題。因為老公是長子，長子必須生下繼承家業的長孫，要我不計任何代價、用任何手段，都一定要為這個家生下一個男孩，於是決定進行人工受孕。

人工受孕對於男人而言不過就是一發自瀆後，射出濃稠的精液後就沒有他們的事，但是對女人來說這才是痛苦的開始。

首先必須吃排卵藥，我的體質特殊，吃下排卵藥後各種不適的症狀都發生了。然後是採卵，第一次的採卵讓一向自詡身體健壯的我足足在床上躺了七天，但卻只採下三顆卵，醫生搖搖頭說顯然不及格，只好再進行第二次，總算採集足夠數量的卵子，進行試管嬰兒人工受孕，花大筆的錢，卻還是無法成功著床，就算順利著床，也在胎象穩定以前就流產，這下不只是公婆與老公對我失望，就連我都很懊惱沒用的自己，為何三番兩次保不住腹中的胎兒？

就在我苦惱著遲遲無法順利懷孕時，小叔結婚了。小嬸婚後不到三個月就成功懷上孩子，這可讓一直期盼家中有新成員的公婆樂壞了，只差沒有辦流水席酬謝神明。

小嬸的有孕更令我在婆婆面前抬不起頭來，婆婆現在連用正眼看我都不樂意，彷彿嫌棄我只是一隻生不出男孩的種母。

就在我心灰意冷，真的已經打算放棄希望時，我居然也懷孕了。

婆婆說她做了胎夢，夢見一個小胖娃懷裡抱著一個洋娃娃，騎著麒麟鑽進了小嬸的肚子。命相師說這可是天大的祥兆啊，一定是小嬸帶旺了我的子女緣，小嬸肚子裡的孩子一定是個好福氣的金孫。

原以為婆婆會像得知小嬸有孕時那樣高興，但婆婆卻沒有為我有孕的事開心太久，因為婆婆所有的關注都落在小嬸的肚皮上。

婆婆雖然嘴上說自己是個開明的人，生男生女都是寶貝，當醫生說小嬸肚子裡的孩子是個男孩，婆婆樂得連眼淚都掉下來，說他們家裡終於有了一個金孫，她總算對得起列祖列宗，每天都打電話問小嬸今天的狀況如何？有沒有想吃什麼？需不需要煮些好吃的東西給她送過去？小嬸的孩子還沒有出生，婆婆就給小嬸買了好多嬰兒用的鞋子衣服。

小嬸懷孕前三個月害喜嚴重，有孕後不久就留職停薪在家待產，熬了十個月，一個禮拜前終於卸貨，產下一個重達四千兩百公克的男嬰。

小嬸出院，小叔一大早就跟老公借車，在婆婆的陪同下去醫院把小嬸與剛出生不久的寶寶接回家。

遠遠地就聽見老公那一台老舊的福特天王星的引擎聲轟隆作響，走到窗邊查看，看見小嬸抱著嬰兒走下車。

小嬸的頭上戴著粉紅色的毛線帽，臉上掛著口罩，即使大熱天的，仍然穿著外套、圍著圍巾，生產過後肚子也沒有消退多少，臃腫的身體被厚重的衣物包得密不透風而行動緩慢地走著，簡直就像是一隻企鵝，看見這個畫面我不禁笑了出來。

誰叫小嬸懷孕期間嘴巴不知節制，都隨便亂吃一些沒營養又高熱量的垃圾食物，還不愛運動，懷孕不久就留職停薪在家裡休養，說是妊娠期間各種身體不適，整天都賴在床鋪上不動。聽小叔說她還常常三更半夜把熟睡中的小叔搖醒，使喚小叔下樓給她肚子裡的寶寶買宵夜吃，體重足足比孕前重了二十多公斤，產檢時發現胎兒頭圍過大會不容易生產，還被醫生勒令要控制體重。

我暗自在想，其實小嬸根本就是懶惰，假借著有孕恃寵而驕，我也曾經生育，現在也是懷有身孕的人，還不是每天都忍耐著懷孕的各種不適，揹著三十二週的孕肚操持家務，煮食三餐，整天上上下下的打掃整棟三層樓的透天厝，也不見有小嬸這麼嬌弱，連倒杯水都要小叔經手。

但這次的生產也讓小嬸吃足苦頭，陣痛了一天一夜，這頑固的孩子就是不肯從產道中爬出，小嬸在候產室呼天搶地的像是殺豬似地叫著要剖腹，婆婆卻說自然產才恢復得快，自然產過的女人才知道生孩子的辛苦，就會更加珍惜母子緣分，要小嬸再努力一下。

醫生說這是孕婦在懷孕期間太少運動所致，要小叔陪著小嬸爬樓梯，爬了半天卻不見子宮頸有打開的跡象，最後只好哭喊吼叫著命令小叔簽下剖腹生產同意書。

「這孩子白白胖胖的，真的好可愛喔。」

我打掃完小叔的房間一下樓，就看見婆婆與小嬸坐在客廳裡，婆婆懷中抱著小嬸剛出生的小嬰兒，臉上洋溢著幸福的笑容。我不禁也撫摸著自己的肚皮，想像著自己的孩子出生以後，婆婆也會對這個孩子疼愛有加。

「媽，你看我們軒軒，眼睛像媽，鼻子像爸，嘴巴像我，手腳簡直就跟我們志中一模一樣呢。」

小嬸笑盈盈地說著，大夥一團和氣。我也想要分享小嬸喜獲麟兒的喜悅，湊上前去想要看看婆婆懷中的嬰孩，剛剛打掃小叔的房間，被灰塵弄得有些癢的鼻子不小心打了一個噴嚏。

哈啾——。

婆婆凌厲的眼神立刻射了過來，抱著她的金孫側過身，一臉嫌惡的表情對著我說：

「妳感冒了嗎？都懷孕的人怎麼會這麼不小心？小心一點別傳染給我們軒軒還有芯妮了。」

我想要解釋自己並不是感冒，而是剛剛在打掃小叔的房間時過敏了，但看著小嬸那惶恐的表情，立刻把孩子的包巾蓋上，深怕我會把什麼疾病傳染給她寶貝兒子的模樣，就無法再開口了。

「別在這裡站著，去做妳應該做的事情吧。」

婆婆揮揮手將我支開。我只好捧著肚子緩慢地走上樓，突然感覺到一陣胎動，就好像是肚子裡的孩子聽見我受了委屈，而在替我抱不平。

我摸摸自己躁動的肚子，偷偷在心中告訴自己腹中的孩子，祢怎麼不快點出生呢？只要祢出生了，祢的爺爺奶奶就會像疼愛祢嬸嬸一樣，疼愛我了。

2.

自從小嬸來家裡坐月子以後，我的工作就更加沉重，不僅要煮適合產婦食用、營養均衡的三餐，所使用過的餐具、杯子全部都要用滾燙的水消毒過，才可以讓小嬸使用。因為婆婆說剛生完的產婦最怕就是寒氣侵體，將來老了以後關節痛、頭痛、風濕……等，什麼毛病都來了，所以即使在現在三十八度的夏天裡，家裡也不允許開冷氣與電扇，家裡的窗戶也必須緊閉，以免風吹進來讓小嬸受了寒，讓頂著七個多月孕肚的我每天都是汗流浹背，站在悶熱的廚房裡替小嬸煮著麻油雞湯。

今天已經是小嬸坐月子的第十天，婆婆說按照上一輩流傳下來的規定，生男孩的產婦必須坐足四十天的月子，生女兒的產婦只要坐三十天就可以。

婆婆說以前她生下老公與小叔時，也是足足坐了四十天的月子，而我生下大女兒的時候只有坐三十天的月子，一開始還覺得有點奇怪，到底生下兒子跟生下女兒的差別有什麼不同？無論生男生女，都是母親拿自己的命去拚搏，所以有一句台語的俚語說：「生得過是燒酒香，生不過就是四塊棺材板」，為什麼生兒子就要比較慎重，要比生女兒多做十天的月子呢？且自己坐月子那時婆婆還陪著公公回大陸探親十多天，根本沒空管我有沒遵循古禮好好坐月子，我現在雖偶有腰痠的情形，但也不至於像小嬸那般衿貴，連風吹一下都怕她會散掉一般保護著。

不過看著小嬸四十天不能碰一滴生水、喝了四十天麻油雞、四十天不能沐浴洗頭、四十天不許看電視、書報解悶，就只能盡量待在床上待著閉目養神，悶都快要悶死了。

三更半夜隔著一堵薄薄的牆，聽見小嬸在向小叔抱怨月子坐得好辛苦，不能洗澡也不能吹風，大夏天裡就算躺著不動也是汗流浹背，整天待在密不透風的房間，都快要被自己熏死了。這倒是不爭的事實。我每次替小嬸送三餐的時候，進入小嬸的房間就只好忍耐想吐的感覺、憋著氣，這才發現原來十幾天沒有洗澡的氣味是這麼噁心。

小嬸說剖腹生產的傷口到現在都還隱隱作痛，只要下腹部一用力就會痛得哭爹喊娘，讓她根本沒辦法順利排便，從產後就一直便祕到現在，還長了痔瘡，每次上廁所就像是受刑一樣痛苦，就連醫生開給她的軟便劑都不見效，只好叫小叔去買灌腸劑與痔瘡藥才解決她嚴重的便祕問題。

或許是產後賀爾蒙失調所以情緒不穩定，我時常半夜的時候隔著一堵牆，聽見小叔與小嬸的對話，通常兩夫妻說不到兩句，小嬸就會開始聲淚俱下的抱怨。

怨她為什麼要這麼早結婚？看著朋友出國去玩，她也好想去，卻被困在這又悶又熱又臭的房間，埋怨自己為什麼要這麼早生孩子，原本想要晚個幾年再生的，怎麼知道隨隨便便就有了。都是小叔的錯，為什麼不避孕？讓她在沒有準備好的狀況下就懷上了，還嚷著叫小叔快點去結紮，她才不想要再生第二胎。

我不禁心想，這些任性的話要是給婆婆聽見了不知道會做何反應？

小嬸動輒情緒化地說，自己根本就不喜歡孩子，連看都不想看一眼，那團肉球整天除了哭就只會吃。偏偏她的胸部都已經硬得像兩顆石頭，卻還是連一滴奶都擠不出來，身材變形，乳暈變得又黑又大，跟兩顆黑棗似的，被孩子的嘴巴還有電動集乳器吸得都破皮了，她就是擠不出一滴奶。身上還有難看的妊娠紋，一條一條的像是蚯蚓一樣爬在她的肚皮上，她為什麼要這麼努力地生下孩子？還要接受這種折磨？她可沒有辦法忍受這種狀況四十天，再這麼折磨她，她就要去自殺。

小叔被小嬸逼得硬著頭皮去向婆婆表明小嬸想要洗澡、吹冷氣的意願，婆婆才勉強答應讓小嬸擦澡，但小嬸的要求最後連累的人卻是我。

婆婆說產婦不可以碰生水還有寒冷的東西，所以要我用大鐵鍋將放入老薑的水燒開，稍微放涼一點點再給小嬸擦澡，當我挺著肚子努力地將那鍋加了生薑、滾燙的水往樓上搬，還得小心自己的腳下，要是一不小心踩空了，整鍋熱水就會倒在自己身上。

當我努力的把滾水搬進小嬸房間裡的浴室時，小嬸坐在馬桶蓋上，脫下衣服，這才發現小嬸的身體果真如她自己所說的，布滿了小指頭一樣粗細、深褐色的妊娠紋，鬆弛下垂的肚皮都快要蓋住她的陰毛，因脹奶而腫脹的乳房都可以看見青色的血管布滿在蒼白的皮膚之下，膨脹的乳暈比平常還要大得許多。

雖然我也曾經生育過，當時我工作到生產的前一天都不敢請假，也因為孕吐無法好好進食，體重只比懷孕前重了七公斤，或許是體質的緣故也沒有什麼妊娠紋，還是我已經不記得自己產後的模樣在別人的眼中是那麼怵目驚心，原來這就是女人為了生育下一代身體所做的犧牲與改變，這本應該是一個女人因為生育而被造物者嘉勉名為母愛的印記，在我的眼中卻覺得有一點噁心。

「很醜對吧？現在我都不想照鏡子了。」小嬸大概是看見我驚愕的眼神，自嘲地說著。

我知道自己無論怎麼回答都不是，而且我又是一個口舌笨拙的人，就算說一些不著邊際的謊話敷衍也很快就會被識破，只好苦澀地笑著應對，將專注力放在替小嬸擦澡。

我將毛巾浸入老薑水中，還要避免自己被燙傷，擰乾後調整至不會燙人的溫度，小心翼翼地擦拭著小嬸突出一塊肥厚贅肉的頸後，搓出堆積十幾天一層又一層的體垢，看了就讓人反胃，但還是忍耐著噁心感繼續幫小嬸搓澡。

「我看大嫂這一胎肚子好像沒有很大，也沒有胖多少，氣色也很好，不仔細看都還不知道大嫂現在懷有身孕呢，看來這一胎應該是個女孩吧，真羨慕。」

小嬸的眼神上下打量著我，最後停留在我的肚子上。

「還、還不知道，醫生說這個孩子特別古怪，老是夾著大腿，所以超音波也看不清楚。」

醫生也有說，我肚子裡的胎兒是女孩的機會比較大一些，但在看見我失望的表情時，又趕緊說也許是他看錯了，孩子實際的性別還是要等生產之後才能確定。

我替小嬸解開綁成麻花辮的頭髮，濃濃的油耗味撲鼻而來，因為懷孕而嗅覺變得更加敏感的我忍不住發出了反嘔的聲音。

「兩個禮拜沒洗頭了，很噁心吧？」

我勉強扯著微笑搖搖頭，用小盆子勺了老薑水慢慢地淋在小嬸的頭髮上。小嬸的頭髮已經長出一段長約十五公分的黑髮，下半部則是淺褐色毛躁乾枯的頭髮，頭皮上還有一塊一塊的頭皮屑。

小嬸是個愛漂亮的人，懷孕前每個月都要上美容院花錢讓人補染髮根，但是因為懷孕所以已經有十個月無法整理頭髮，那頭黑褐壁壘分明的頭髮看起來有一點狼狽。

由於十幾天沒有洗頭，洗髮精都已經無法在小嬸的頭髮上搓出泡泡。指尖擦進小嬸的頭皮時，都還可以感覺到一陣油膩感就覺得厭惡，但還是硬著頭皮幫小嬸把頭髮洗了三次才洗乾淨。

「人家說肚子裡的孩子是女生，產婦就會變得漂亮，如果是男孩子，產婦就會變得很醜。好像是真的，妳看生這一胎把我變成什麼樣子了？以前還沒懷孕前，我的體重一直都維持在五十公斤以下，一懷孕就胖成這副德性，到快要生產前我連體重計都沒有勇氣站上去，肚子大到我連多走兩步路都覺得累，打個噴嚏都會漏尿。而且懷孕以前我是一顆痘痘都不會長的人，自從懷了軒軒以後，不僅臉上長滿了爛痘痘，連斑都長出來了。」小嬸看著鏡中的自己，懊惱地抱怨了起來。

但是妳至少生下了男孩啊！

話到了咽喉又硬生生地吞下，我因為遲遲沒有給老公生下一個男孩吃了不少苦頭，當醫生說頭一胎是個女孩子時，婆婆失望的表情我到現在都還忘不了。在確定性別以前，婆婆每次都會陪著我去產檢，自從知道我肚子裡的孩子是個女孩時，婆婆就讓我自己去醫院產檢，我可以強烈感受到婆婆有多失望，大概也是在那時，一向對我還算客氣的婆婆態度有了轉變，所以在生下老大以後，我也不斷告訴自己一定要生下一個男孩。

各種方法都試過了，我就是生不出一個兒子。但小嬸可是婆婆口中一嫁進來就帶著貴子而來，還帶旺兄嫂子女福分的好媳婦呢，她到底還有什麼好不滿的？

小嬸不知是在自言自語，還是故意說給我聽，喃喃地說著：

「生孩子真的好辛苦，妳不覺得嗎？為什麼女人要為孩子犧牲這麼多，懷孕九個月，各種身體的不適都經歷過了，生下的孩子卻還是姓老公的姓。身材變形了，變得又腫又醜，我現在的鞋碼可是比懷孕之前足足大了一號半呢，連我都快要認不出鏡子裡的人是我自己了。」

小嬸本就氣色黯沉的臉上閃過一絲落寞。抬起頭望著鏡中的我，眼神停留在我隆起的肚子上。

「真希望大嫂肚子裡的不要是個會擾亂母體賀爾蒙的男孩子，不要變得跟我一樣，醜到都好想要去死了。」

我壓抑著想要打她一巴掌的衝動，蹲低身子替小嬸搓洗著腳趾縫。

3.

替小嬸洗完澡，忍耐著密不透風房間裡的悶熱，替她吹乾頭髮後，我也已經汗流浹背，提著剛剛給小嬸裝生薑水的大鐵鍋下樓，正準備也替汗流浹背的自己洗個澡，經過婆婆的房間時，聽見孩子洪亮的哭聲。

婆婆這個時候很有可能在替公公洗澡，所以沒有聽見孩子的哭聲，不然婆婆一定會**立刻**衝進房間，哄她好不容易盼來的心肝寶貝金孫。

我想孩子很有可能是肚子餓了，或者是尿片濕了，才會哭得這麼淒厲。於是走進婆婆的房間，想給孩子換尿片，但發現尿片還是乾淨的，泡了牛奶這孩子也完全不願意喝，把奶嘴塞進那張只會哇哇大哭的嘴巴，不一會兒又吐出來，沒有來由聲嘶力竭地哭著。

一張巴掌大的小臉憋得紅通通，尖銳的哭聲幾乎讓整個房間都在震動，我與老公每夜都被這個孩子的哭聲吵得不得安寧，更何況是每天晚上都要跟這孩子同在一間房裡睡覺的婆婆？

怪不得婆婆這幾天情緒不是很穩定，一點風吹草動就會暴怒，動不動就對身旁的人大呼小叫，但奇怪的是，就算小嬸的房間在我房間的隔壁，就在婆婆房間的正上方，小嬸也一定聽見了孩子淒厲的哭聲，小嬸就是從來都不曾下樓察看孩子的狀況。

閉嘴！

被這孩子吵到頭都痛了，我只好把孩子抱起來，好聲好氣地哄著孩子。

「好乖，不哭了，不哭了喔，好乖。」

但這孩子的哭聲卻沒有消停的跡象，反而越哭越用力，臉蛋都被憋得通紅，像是隨時會斷氣一般，我也心急了。

吵死人了！不要再哭了！

我又不自覺想起了剛剛小嬸得了便宜還賣乖的模樣，說我這一胎一定是個女孩，還說羨慕我，到底是白目不會看人眼色，還是故意諷刺我就是個生不出男孩的女人？

況且她到底有什麼可以抱怨的？上天已經夠眷顧她了吧？才剛剛結婚就懷上了孩子，而且還是個男孩，小嬸幾乎不費吹灰之力就得到了我這幾年來想盡辦法想要擁有的一切，集萬千寵愛於一身，只不過是身材稍微走了樣，外型不如懷孕前那樣動人而已，無病呻吟個什麼勁？

一想到小嬸那副抱怨個沒完的嘴臉就煩躁了起來，稍微用力一點點拍打著孩子包著厚厚一層尿布的屁股，發出了砰砰砰的聲響。

「不要哭，安靜，不要哭！」

「妳在幹什麼？」

婆婆走進房間，看見我正在拍打著她的金孫，凌厲的眼神瞪著我。

「我聽見這孩子在哭，尿布也換了，奶也餵了，他就是哭不停，所以……」我慌張地解釋，就是怕婆婆誤會我在虐待她的金孫。

婆婆把孩子從我的手中搶了過來，在哇哇大哭的小嘴裡塞進奶嘴，輕輕搖晃幾下，原本哇哇大哭的孩子居然停止哭泣。婆婆心疼的替孩子擦掉眼淚鼻涕，用看待下人的表情對著我說：

「這裡沒有妳的事了，出去。」

4.

但所謂一人坐月子，全家受折磨，就是這個樣子。

小嬸不能吹電扇和冷氣，全家就得跟著一起忍受酷熱；小嬸吃不完的麻油雞，全家人都要跟著一起消耗它，小嬸坐了幾天的月子，全家就跟著喝幾天油膩的麻油雞湯；而且我時常費了老勁挺著大肚子，爬三層樓梯將整碗麻油雞送上樓給小嬸喝，小嬸卻連一口都沒有動。到了下一餐我們還得繼續跟著吃加熱了好幾遍的麻油雞，湯汁都變得濃稠混濁，就連不太挑食的老公晚上回家看到那鍋麻油雞放在餐桌上，都會忍不住皺眉頭，隨便扒兩口飯，半夜裡再偷偷爬起來吃泡麵。

不能吹風、看電視，天天吃麻油雞的月子到了第二十天，小嬸終於對婆婆發飆了。我剛剛煮好午餐，挺著大肚子把小嬸的午餐放在托盤上，辛辛苦苦爬上三層樓，已經是氣喘如牛。一踏進小嬸的房間，就聽見小嬸以堅決的口氣對著婆婆這麼說。

「我不想再吃麻油雞了。」

雖然婆婆背對著我，但我仍可以想像婆婆臉上僵硬的表情，就覺得有種痛快的感覺。

「生產過後的女人要好好調理身體，吃那些不夠溫補的食物烙下了病根，等妳老了以後就會後悔的。」

婆婆還是耐著性子好言相勸，要是說這些話的人是我，婆婆還不知道忍不忍得住這口氣。不過婆婆會這麼和顏悅色，應該也是看在小嬸剛剛替她生了一個金孫的緣故吧。

「媽，這些都不符合時代需求了啦，現在人營養很均衡，科技已經很發達，產婦不能吹風、不能洗澡，吃麻油雞進補、不可以看電視都是過時的觀念了啦。在國外的產婦根本就沒有坐月子啊，產婦生完孩子三天、一個禮拜就過著正常生活了，照樣出去度假、工作。德國的婦產科甚至讓產婦喝啤酒來幫助乳汁產生呢，外國人都沒在忌諱吃這些寒涼的東西，每個產婦還不是都壯得跟牛一樣？」

小嬸這番話無疑就是在打婆婆的臉，一直自詡一連生下兩個貴子的婆婆，當年就是這樣遵守這種「過時」的傳統規矩做足了四十天的月子，但她的媳婦卻不肯領情，我都可以想見婆婆現在心裡會有多氣惱。但婆婆還是耐著性子說：

「那是外國人的體質，跟我們東方人不一樣嘛。為了孩子妳也多少吃一點，妳看看妳，連滴奶都擠不出來餵妳兒子，還得喝配方奶來補充，就是這些滋補的湯喝得太少了。母奶才是孩子最好的食物，喝母親的奶水長大的孩子比較健康，等一下我叫大嫂去菜市場，買豬蹄還有鱸魚給妳燉湯喝，這些都是發奶的東西，喝了才能有足夠的乳汁餵養妳的孩子啊。」

婆婆言下之意就是在指責小嬸這副身體沒出息，居然沒有半滴乳汁可以餵飽她嬌貴的金孫。小嬸是個精明聰慧的人，當然聽得出婆婆這話是什麼意思，雖氣得面紅耳赤，卻也無法反駁。而且婆婆是一個好面子的人，怎麼可能忍受晚輩用這種嗤之以鼻的態度對她說話？這點程度的反擊應該還是看在她那可愛金孫的面子上。

不過我猜想，小嬸一定是受夠了婆婆專制強硬的態度，在這個家裡即使再不合邏輯、不合時宜的規定，都必須聽婆婆的，譬如小號兩次才可以沖馬桶水，衛生紙一次只能夠抽一張等規矩，這幾天一直都有聽見小嬸在向婆婆抱怨這樣很不衛生，廁所都是阿摩尼亞的味道。

雖然我也覺得這些規定很沒道理，嫁進這個家將近十年，一直都是敢怒不敢言，忍受著在充滿惡臭的廁所裡洗澡、如廁，沒想到小嬸跟婆婆同住在一個屋簷下不到兩個禮拜就敢發難，說真的還真有一點佩服小嬸直言不諱的個性。

婆婆對我使了個眼色，我誠惶誠恐地把麻油雞湯端到小嬸的面前。

小嬸在婆婆眼神的使喚之下將手伸向了湯碗，卻一不小心沒拿穩，整碗公翻倒在床邊，整碗湯灑得一地都是，陶瓷大碗公也摔破了。

「怎麼這麼不小心啊。」婆婆豎起了眉毛瞪了我一眼。

小嬸的語氣裡沒有半點歉疚。「唉呀，都怪我，是我手滑，不小心打翻了。」

我扶著肚子跪在地上撿拾著破掉的湯碗與散落在地上的雞肉，一遍又一遍擦拭被麻油雞弄得油膩膩的地板。

但說實話婆婆已經算是對小嬸很好了，土雞幾乎是兩天一隻不惜成本的買，米酒也是到公賣局一箱一箱的叫，就連麻油都是請託住在南部的親戚去找品質最好的北港現榨麻油。

婆婆為了體恤小嬸剛剛生產完，且小叔每天都還要上班，這幾天嬰兒幾乎都是婆婆在照顧著，連嬰兒床都放在婆婆的房間裡。

且小嬸的孩子作息日夜顛倒，三更半夜都還聽見婆婆在客廳哄小寶寶睡覺，小嬸的孩子哭聲宏亮，一哭就是好幾個小時，也時常吵得我半夜都睡不好覺。

小嬸的孩子又比一般嬰兒還要沉重，婆婆都已經抱孩子抱到手臂肌腱發炎了，前幾天才叫老公帶她去針灸，但到目前為止，小嬸連尿布都沒有替自己的孩子換過一次，真不懂小嬸還有什麼好抱怨的？

等不及坐完四十天的月子，小嬸在孩子剛剛滿月就回到職場工作，嘴上說是自己請假太久，對公司與同事不好意思，實則是小嬸已經受夠了婆婆專制又古板。但小叔還是每天要上班，需要優良的睡眠品質，所以孩子還是放在婆家，讓婆婆照顧。

哼，小嬸還真是捨得啊，這孩子也才剛剛從她的肚皮裡出生一個月，他還這麼小一個，就放心孩子不在自己的眼皮底下，自顧自找個不用跟婆婆周旋的地方，有多遠閃多遠，索性來個眼不見為淨。換作是我，是不可能做得到放著自己懷胎十月的寶貝撒手不管的。

而且小嬸一點都沒有身為人母的自覺，現在不是都已經在提倡母乳才是孩子最好的食物，母乳親餵有助於母體的新陳代謝與安定孩子的情緒，要媽媽親自哺乳，但小嬸甚至覺得擠奶很費勁，胸部脹得跟兩顆石頭一樣，擠了半天卻還是只有兩滴，且重返職場就沒有辦法每幾個小時就要擠一次奶，就請醫生給她打了退奶針。

連讓孩子喝自己奶水都嫌麻煩的人，到底有什麼資格當別人的母親？

我低下頭，摸摸再不久就要從這個肚子裡出生的孩子，說：

「寶貝，媽媽才不會像小嬸嬸一樣這麼自私呢。」

5.

這個家沒有一天是安靜的。

小嬸的孩子每天除了吃與睡以外就是哭，沒日沒夜地哭，我已經有好一陣子都沒法一覺到天亮，就連平日沾到枕頭就會自動昏睡的丈夫都快受不了，得要戴著耳塞才有辦法睡覺。

而這孩子已經被婆婆抱習慣了，畢竟是第一個金孫，婆婆自然疼愛有加，沒事就抱起來逗弄，這麼小的孩子居然已經懂得用哭使喚大人，只要一離開大人的雙臂就會哭鬧個不停。

婆婆一聽見孩子的哭聲就急忙去察看，一張小臉哭得又紅又脹，模樣很是可憐，又忍不住抱了起來。

而且小嬸的孩子已經會認人，只肯給婆婆抱，搞得婆婆必須時時刻刻抱著孩子，就連吃飯的時候也不得安寧，只能趁孩子睡著時隨便扒兩口飯，婆婆都因此憔悴了不少。

以前大女兒剛出生的時候很好照顧，除了吃就是睡，半夜也不會哭啼，還常常喝奶喝到一半就睡著了，所以我們夫妻倆都以為帶孩子就是這麼一回事，卻沒想到小嬸的孩子這麼難帶。

被嬰兒的哭啼聲鬧得已經許久沒有睡好的老公，終於忍不住對婆婆說：

「媽，妳別把孩子慣壞了，知道不是尿片濕、肚子餓還是身體不舒服，就不要一直抱起來，讓他知道一哭就可以控制大人、為所欲為，不然辛苦的就只有大人。」

「孩子又不是你在顧，你當然說得輕鬆容易啊。」

「知道不輕鬆那妳就應該讓志中把孩子帶回去照顧啊，孩子是他們的，他們兩個也應該盡一點做父母的責任。妳也一把年紀，身體又不好，不要總是累到了妳。妳不覺得妳一直都太寵志中，事事都幫著他，讓他們都沒有一點成為大人、成為父母的擔當嗎？回來也只是看一眼就拍拍屁股走了，我看他們夫妻倆抱這個孩子的次數恐怕兩隻手就數完了。」

「他們夫妻都有工作，哪裡顧得來？」

「可以請保母帶啊。」

「你都不知道現在的保母有多壞心，一天到晚都看到保母虐待小孩的新聞，而且他們夫妻倆的薪水才多少啊，生活都很吃緊了還要花錢請保母嗎？」

一直低頭不語吃著飯的我，偷偷瞟了婆婆一眼，心想婆婆根本就是寵愛她的么兒，還有捨不得她的寶貝金孫。

以前我生下長女時，婆婆信誓旦旦地說會替我照顧，我就安心地回去工作，但顧不到幾天就說自己已經年紀大了，顧不了，要求我辭職在家照顧孩子，照顧自己的孩子是理所應當，我沒有半點怨言，但婆婆這樣明顯的大小眼，真不知道婆婆是看不起我生的是個女兒，還是本來就偏心小叔？

「杏芬的肚子都已經大成這樣，過不久也要生了，孩子的作息本就難以捉摸，這個家裡沒法子容納兩個剛出生的嬰兒。」

一向對婆婆百依百順的老公難得對婆婆疾言令色，婆婆瞪了我一眼，大概以為是我在老公的耳邊挑唆，才會讓一向唯命是從的長子忤逆自己。

我收到了婆婆銳利如刀鋒的眼神，默默低下頭，在餐桌下踢了踢老公，要他不要再說下去。

「這事本來就有先來後到的問題嘛，是妳小嬸的孩子先出生了啊，又不是我決定的。如果你嫌這個家裡不夠安靜，你可以讓杏芬回娘家住一陣子啊。親家母現在也才四十出頭歲，還正是身強體壯的年紀，哪像我這個老媽子，帶個孩子半條老命都快被收了，叫親家母給杏芬坐月子，照顧一下小嬰兒應該不成問題吧？反正這也是她的外孫女不是嗎？杏芬嫁過來這些年她總是不聞不問的，現在好歹也盡一點點做母親該有的責任吧。」婆婆一臉悻悻然地說著。

「妳明知道這是不可能的事情，杏芬她媽……」

「好了。」我出聲阻止丈夫繼續說下去，只要一提起母親，就會令我感到渾身不對勁，連想都不願意再想起那個自私又任性妄為的女人。

哇—哇——。

樓上又傳來了一陣騷動，一聽到孩子的哭聲，婆婆迅速地扒了兩口飯又放下飯碗，匆匆忙忙跑上樓去哄孩子。

看著婆婆慌忙的背影，雖然有一點心疼卻也覺得這是婆婆自找的，與老公嘆了氣搖搖頭。

「馬麻，小嬸嬸什麼時候要把弟弟帶回去啊？」一直低頭扒著飯的女兒終於從飯碗中抬起頭。

「怎麼了？」

「弟弟好吵、好討厭，害我沒辦法專心寫作業了啦。」

我趕緊回頭確認婆婆是否還在樓上，皺起眉頭對女兒說：

「噓，不許亂說，要是被奶奶或者小嬸嬸聽見還以為是我教妳的。」

雖然女兒說的話也都是我心中所想的，但有些事卻只能放在心裡，永遠都不能說出來。

女兒委屈地嘟起了嘴，低聲呢喃：「真討厭小孩子，我一點都不喜歡有弟弟妹妹。」

6.

小嬸月子結束過後就立刻回去上班了，因為她終於知道帶孩子要比工作辛苦得多了，月子一坐完就迫不及待回到職場，名正言順的把孩子留在婆家給婆婆帶，只有週末會回來住一兩個晚上，看一看孩子，假期結束後又拍拍屁股走人。

替金孫把屎把尿，婆婆雖然甘之如飴，畢竟是她期盼已久的心肝寶貝，但我的工作又變得更加繁重。

之前婆婆還能偶爾幫忙家務，替公公洗澡，公公幾年前中風過後右半邊半身不遂，經過復健，如廁與吃飯都能自理，只是動作慢了一點，但浴室濕滑，深怕公公會在浴室裡滑倒，所以一直都是由婆婆從旁協助，現在這些事情全都落在我的肩膀上。

現在每天除了幫忙家務，還要照顧公公。公公雖然已是垂垂老矣，但是男女總是有別，我在替公公洗澡的時候眼睛都不知道要放在哪裡。公公也會不好意思，總是背對著我，自己擦拭重要的部位。

小嬸的孩子前天夜裡就特別躁動，也不好好喝奶，看了醫生也沒有什麼好轉，這麼小的孩子吃了藥，過不了多久就會連同好不容易喝下的奶水一起吐出來，印堂發青，哭聲虛弱，變得沒有活力。

鄰居的大嬸說孩子哭得這麼淒厲，是不是驚動了床母？所以孩子才會全身不舒服。婆婆聽了立刻像警察在審問犯人一樣，逼問我是不是動過了她的房間？

無論如何解釋婆婆就是不相信，在百般無奈之下，我只好說可能是前幾天在打掃婆婆的房間時，為了要將嬰兒床底下的灰塵清理乾淨，所以稍微搬動了一下嬰兒床。

婆婆說一定是我不小心驚動了守護嬰兒的神祉，所以她的金孫才會哭了好幾天都不停，一大早就叫老公請半天的假，趕緊載著她帶孩子去新竹有名的宮廟收驚。

我與公公獨自在家，少了小嬰兒的家終於清靜了，對於難得的悠閒感到愉悅，開心地打掃著家裡，心想就算真的不小心驚動了床母被婆婆責怪了也不錯，這個家自從小孀的孩子出生以後就沒有一刻是能讓人輕鬆的，所以格外享受著這難得的安寧平靜，而不是耳邊隨時充斥著孩子的哭聲，就連走路說話都要小心翼翼，深怕驚動了婆婆的寶貝金孫又要遭到一頓白眼。

就在我悠然地享受著這寧靜的時光，一邊曬著衣服，突然聽見樓下傳來騷動。

我捧著孕肚趕緊跑到公公位在一樓的房間，由於公公行動不便，不能上上下下，老公特地在客廳的一角用三合板替公公隔了一個小房間讓公公睡。公公的生活圈除了那個比單人床稍微再大一點點的空間，就只剩下客廳與一樓的廁所。

走下樓查看，果然看見公公倒臥在一樓的廁所前，公公的長褲濕了，地上還有一灘便溺的痕跡。應該是公公在走到廁所前就憋不住而解放出來，踩到自己的排泄物滑倒，公公努力地想要自己站起身，但是中風過後癱瘓的右半邊根本無力支撐，最後公公只有狼狽地在自己的排泄物裡掙扎打滾，弄得一身都是。

「爸，你怎麼了？是不是想要上廁所？」

公公一臉愧疚地點點頭，就不捨得指責他，平常公公是可以自己如廁的，只是動作有些遲緩，如果內急來得太突然，就會不小心在進入廁所前弄髒自己的褲子。

以前小嬸的孩子還沒有出生時，婆婆還能平心靜氣地替公公清理，但現在要照顧孩子還要看著公公，已經分身乏術的婆婆，就會對著一身狼狽的公公大罵：「都幾十歲的人了，還跟小嬰兒一樣要人照顧，為什麼想要上廁所不快點說？非要弄得一身髒兮兮地才甘願？這是在折磨你自己還是要糟蹋我？你怎麼不去死一死？這樣我就輕鬆多了。」而公公也不會反駁，似乎真的認為都是自己的錯，看在外人的眼中覺得甚是可憐，就更不忍心露出不悅的神色。

我趕緊將公公扶進浴室裡，讓他在馬桶蓋上坐好。

「您有沒有摔傷？」

在自己的晚輩面前失禁是多麼沒有尊嚴的事，尤其對象還是沒有血緣關係的媳婦，公公連頭都不敢抬起來。我怕傷了公公的自尊，只好用更加卑微的口氣說：

「不如我趁現在給您洗個澡好不好？這樣晚一點就不用洗了。」

公公感激地點點頭，我替公公脫下被排泄物沾滿的衣物，用蓮蓬頭噴出的溫水清洗著公公布滿皺紋與斑點的皮膚，洗完澡、換上乾淨的衣物，把公公帶回自己的房間休息，還要清洗髒了的衣服與到處都是排泄物的地板。

捧著一天比一天沉重的肚皮，跪在地板上擦著充滿惡臭的排泄物。我撐著牆壁從地面上緩緩地站起，想要走到客廳休息一下，發現自己的裙襬已經濕了，是羊水破了。

我小心翼翼地走向客廳，打電話給老公，或許老公正忙著開車，所以打了好幾通電話都沒有人接聽，只好打電話給在附近公司上班的小叔，想要請他過來幫忙照顧公公，但小叔公司的同事卻說他今天請假沒進公司。

我只好捧著隨時都可能生產的孕肚自己爬上三層樓，把那包隨時準備好孩子要出生時帶去醫院用的行李拿下樓。什麼忙都幫不上的公公則一臉著急的模樣，看著即將要生產的我。

為了不讓公公更加內疚，即將要生產也很惶恐的我努力扯出笑容。說：

「爸，我好像要生了，現在必須去醫院一趟，如果媽與志平回家了，請他們到醫院來找我。」

我只好自己一個人一步一步走出自家的巷子口，到大馬路上叫車，但司機看到我快要生產，羊水都弄濕了地板，立刻皺起眉頭。

「妳會弄髒我的車子，這樣我一整天都不用做生意了啦。」

一輛又一輛的計程車拒絕了我，站在溫度高達三十八度的馬路邊，捧著肚子蹲在路邊汗流浹背，覺得自己就快要因為中暑與越來越密集強烈的陣痛而站不穩，蹲低了身子，怕自己真的會在下一刻昏倒。附近鄰居的大嬸看到蹲在地上的我，立刻上來關心。

「杏芬，妳怎麼了？」

「我、我好像快要生了。」

「妳在這裡不要動，我去叫妳婆婆。」

大嬸慌張地往我家的方向跑，我趕緊拉住大嬸。

「他們出去了……我現在要叫車去醫院，可不可以幫我叫一輛車？」

「就妳一個人去嗎？那怎麼可以？妳等一下，我叫我老公去開車，撐著點喔！」

鄰居慌張地折返回家去開車，到院時我的子宮頸已經全開，隨時都有可能生產。婦產科的護士立刻把我送上產檯，果然不到三十分鐘就產下一名兩千九百多公克的嬰孩。

聽見孩子洪亮的哭聲時，我已經虛脫無力，滿身大汗，還不忘抓著產房的護士的手，用最後一口氣問：

「是男孩……還是女孩……？」

護士埋藏在口罩下的臉露出了親切的笑容，對我說：

「恭喜妳，是個健康可愛的小女孩喔。」

為什麼？為什麼是個女孩？

一絲失望的情緒不禁闖進了心頭，化作眼淚湧上眼角，我虛弱無力的張開大腿，在產檯上情緒失控的大哭著，已經分不清楚讓我不能自已痛哭著的，是失望還是內疚？

我怎麼可以因為孩子的性別就感到情緒低落？不管如何這都是我懷胎十月所生下的女兒，

我一定會用盡全力愛她、呵護她的。

我擦去眼角不斷湧出的眼淚，暗暗告訴自己。

7.

丈夫到了下午才風塵僕僕地趕來，我已經有辦法下床去育嬰室看看孩子。隔著玻璃櫥窗看小小的腳上掛著別有我名字的粉紅色手環，小小的嘴巴打著哈欠時，小小的手高舉著就像在跟我打招呼，精緻的小臉蛋真的好可愛，讓人看著心都軟了起來。

這麼可愛的孩子有誰會不喜歡呢？等婆婆親自看見這個孩子一定會很開心，一定會像我一樣第一眼就愛上這個孩子的。

我如此默默地想，拖著緩慢的腳步回到恢復室，婆婆剛好揹著小嬸的兒子，提著一個便當袋走進來。

辦理住院手續的護士正在詢問老公的意見，要不要添一點費用住好一點的房間，還是只要住健保給付的四人病房。老公說了希望給我住好一點的房間，讓我可以好好休息，婆婆立刻阻止了老公。

「住雙人病房要多付個好幾千塊，奶粉、尿布什麼的都要錢，張開眼睛銀子就像流水一樣花出去，那些錢還不如留著給孩子買東西。」

老公皺起了眉頭。「志中他老婆的孩子出生時，住的可是有獨立衛浴設備與電視機的單人病房，還一住就是一個禮拜呢，現在杏芬也生了，為什麼就有差別待遇。」

「芯妮那個時候是剖腹產，簡直是從鬼門關前走一遭，能一樣嗎？反正杏芬這一胎就像母雞生蛋那般順利，才生產完就能夠下床去育嬰室看孩子，這次大概小住兩晚就出院，忍耐一下也不會怎麼樣，沒有必要多花那些錢吧。」

婆婆這般提議，老公沒再上訴，我也不好說什麼。只有默默地想著是因為小嬸生的是個男孩，所以這點錢花了都不會心疼了是吧？

小嬸的兒子又哭了起來，響亮的哭聲就像要把屋頂給掀了，婆婆哄著背上的嬰孩，但這孩子卻越哭越大聲。

「婦產科醫院是有很多生靈的地方，恐怕是衝撞了不乾淨的東西，軒軒在鬧了，這個地方我們不能待下去了。等一下如果有辦法吃東西的時候就吃一下吧。」

婆婆不耐煩地把便當袋裡的東西掏出來塞給我。用盡全力生產的我滿心期待地打開保溫罐，還以為婆婆準備了雞蛋麻油湯，補補我產後虛弱的身體，卻是昨天晚餐喝剩的海帶排骨湯。

「我得趕快回去了。」

「媽，那杏芬的三餐怎麼辦啊？妳有沒有空幫她燉個滋補的東西補補身子？」

「沒看到我要顧一個小的還有一個老的，哪有那個美國時間給她燉湯啊？醫院裡不是都有配合的月子餐外送嗎？就給她訂那個吧。」

婆婆從口袋裡掏出幾張皺巴巴的鈔票塞給老公，頭也不回地就走了。我還以為婆婆至少會趕在育嬰室的開放時間結束前去看一下女兒，但婆婆一臉歸心似箭的模樣，我也不想要自討沒趣了，反正以後有得是時間，等婆婆看見可愛的女兒，一定也會喜歡她的。

最後老公還是遂了婆婆的意思，讓我住在健保給付的四人房，同房產婦們的訪客來來去去，我也沒法好好休息，才閉上眼睛又被隔壁床的外籍配偶的婆婆給吵醒。

那個跟我同一天生產的年輕外配剖腹生了一對雙胞胎，還是龍鳳胎，她的婆婆與老公可樂壞了，三餐都送新鮮的食物與水果來，還蹲在地上親自給她的媳婦剪腳指甲，照顧得無微不至。

看見我都沒有人來探望，還會慷慨地把東西分給我吃。

年輕外配的婆婆說每生一胎對產婦都是嚴重的耗損，要好好地補一補，產婦吃櫻桃與榴槤這種性熱的食物是最好的，可以迅速補充母體生產時消耗的元氣。外配的婆婆在閒聊之際，她問：

「妳這是第幾胎啊？」

雖然我不太喜歡榴槤聞起來的味道與口感，但是人家都好心的請我吃了，還是憋著氣把軟綿綿的果肉嚥下。說：「第二胎了，上面還有個女兒，已經念小學了。」

「真的啊？看妳這麼年輕，還以為是第一胎呢。現在人哪像我們那個年代，願意生一胎就阿密陀佛了，妳還真是個好媳婦，看來這胎終於是個弟弟了吧？」外配的婆婆笑著說。

我的心頭像是被捶了一下，但還是耐著性子說。「不，是妹妹。」

外配婆婆臉上的笑容逐漸變得僵硬，似乎都替我感到失望了。尷尬地說：

「喔、喔，女孩子也很好啦，貼心。妳還年經，再接再厲就好。」

這下我真的連笑都擠不出來，對方感覺自己說了一句不該說的話，只好說，產婦要好好休息，不打擾我了，然後默默地把隔間的簾子拉上。

由於是自然產，生產過程還算順利，母女均安，三天後就帶著剛出生的孩子出院。

出院那一天小嬸的兒子又生病了，又吐又不肯吃，一大早小叔就借了老公的車子，陪同婆婆帶孩子去醫院。

當天早上老公是坐計程車來接我跟孩子回家，當我們辦理完出院手續走出婦產科時，天空突然下起大雨，一輛輛滿客計程車疾駛而過，我抱著孩子站在婦產科醫院的屋簷下，看著老公冒著大雨在路邊招計程車，坐上計程車時我也淋了一點點雨，但又怕剛剛出生三天的女兒受寒，所以盡力地將女兒抱在懷中，深怕被這世界上汙濁的雨水給弄濕。

老公把我們送回家以後，換下濕掉的衣服又穿起鞋要出門。

「你現在要去哪裡？」

「回去上班啊，我只請了半天假，這陣子請了太多假，工作都做不完，再繼續請假會被別人說閒話的。」

這幾天都是老公待在人聲吵雜的四人病房裡守著，同房剖腹產的產婦每到止痛用的嗎啡退了以後，就會痛得哀號，吵得大家都不能睡。只能睡在翻個身就會解體的椅子上，老公一定都沒有睡好。老公打著哈欠又匆匆忙忙離開了家，看著老公疲憊的身影，我內疚又心疼，更不好意思再對老公要求什麼了。

婆婆要照顧一個嬰兒，還要看顧半身不遂的公公，家事自然分身乏術，回到家幾乎認不出那是我每天悉心打掃得一塵不染的房子。

洗衣籃中有大量沒有清洗的衣物，洗碗槽裡堆著碗盤與奶瓶，垃圾也好幾天都沒有倒。我安頓好女兒後，就開始打掃家裡，把髒衣服丟進洗衣機，把髒的碗盤洗乾淨、消毒奶瓶、收拾垃圾，晾好衣服，看見步履蹣跚的公公緩緩地走向廚房翻著冰箱。

「爸，您餓了嗎？」

我用冰箱裡僅存的一點點食物為自己還有公公煮了一頓午餐。由於公公中風過後的後遺症，他無法使喚自己發抖的右手，就算他再努力地想要把食物塞進嘴裡，還是會不小心從嘴角漏出來。

以前小嬸還沒有生孩子時，婆婆總是把公公照顧得無微不至，但現在時常連婆婆自己都沒法好好吃一餐飯，當然無暇顧著公公，脾氣也變得暴躁，只要公公不小心把碗裡的東西弄了出來，立刻就會挨婆婆的罵。

公公扒飯時不小心讓食物掉在衣服上，公公立刻像是闖禍惹主人生氣的小狗，心虛地低下了頭，深怕又要迎來一陣罵。

我心疼地撿去公公身上的食物，抽了張面紙擦了擦他的嘴角。

「爸，沒關係，慢慢吃喔。」

協助公公吃完午餐，正想要坐下來進食就聽見女兒的哭聲，我只好放下筷子上樓查看。

我一生產完就開始餵哺母乳，身體就像是有自覺已經生下一個嗷嗷待哺的嬰兒，像泉水一樣源源不絕的母乳從乳暈冒出，只要一聽見孩子的哭聲，乳汁就會濡濕我的衣襟，我想這或許就是母性的直覺反應，驅使我的身體製造出孩子的食物。

我掀起上衣，將餓哭了的女兒抱起，進食是生物的本能，即使女兒現在還沒有張開眼睛，但仍能精準地找到我的乳頭，貪婪地吸著奶水。

孩子本來就是從母親的身體裡掉出的一塊肉，出生前汲取著母親的骨血，出生後喝著母親的乳汁存活下來。看著正在吸食著自己的乳汁的孩子，不知為什麼，心裡酸酸痛痛的，一滴眼淚滴落在孩子的額頭上，我立刻抹去滑落的眼淚，對著懷中的孩子說：

「乖孩子，快點長大吧。」

8.

自從生下二女兒以後，生活就變得更加忙碌，光是要餵奶、拍嗝，替孩子更換髒掉的尿布就不得空，大女兒下課以後還要替她看功課。我們的房間就這麼丁點大，連張嬰兒床都放不下，現在雙人床上不僅要容納我們三人還有一個小嬰兒，我趁勢讓一直都跟我們夫妻睡在一起的大女兒獨自睡一間房，到了晚上大女兒抱著枕頭，哭著想要跟我們同睡。

「我不要自己一個人睡，我要跟媽媽睡、我要跟媽媽睡。」

「床就這麼大而已，擠不下我們四個人啊。」

「睡地板也可以，我不要自己一個人睡，我會怕黑。」大女兒趴在我的背上抽抽咽咽地哭著。

心力交瘁的我剛剛餵完母奶，又因為大女兒的哭鬧而分神，忘了還沒有替小女兒拍嗝，在替小寶寶換尿片時，孩子吐奶了。

手上不小心沾到嬰兒的排泄物，我慌忙地用濕紙巾擦擦手，再抽張衛生紙擦去嬰兒嘴角的溢奶，趕緊把尿片包好，將小女兒抱起來拍嗝。大女兒依然黏在我身上要賴撒嬌。

煩死了，為什麼會有這麼多事情，能不能讓我喘一口氣。

我不耐煩地推開鬧彆扭的大女兒，說：

「媽媽已經夠忙了，沒有辦法一邊照顧妹妹還要一邊看著妳，妳現在已經當姐姐了，要成為弟弟妹妹的榜樣，不可以老是這麼愛撒嬌，現在就給我回妳的房間睡覺。」

我板起面孔命令著，女兒雖然不願意，但還是含著眼淚回到自己的房間。

看著大女兒哭泣的模樣雖然有一點愧疚，但現在每天能夠睡覺的時間零零總總加起來連一個小時都不到，實在已經分身乏術，有時甚至連飯都沒辦法好好吃，女兒才出生不到兩個禮拜，我就已經瘦回懷孕前的體重，每天都餵母奶，對身體更是消耗。

婆婆忙著照顧小嬸那每天都哭個不停的孩子，所以沒有時間幫我煮麻油雞，婆婆有時連飯都沒有時間煮，就到巷口隨便買個便當塞給我。雖然這一胎連月子都沒有辦法好好地坐，但是奶水卻出奇的充沛。賀爾蒙是個很奇妙的東西，大腦似乎已經告訴自己的身體，我有一個嗷嗷待哺的孩子，所以乳汁總是不停的溢出，有時孩子喝奶的速度都還跟不上乳汁生產的速度，乳墊永遠都是濕的，冰箱的冷藏庫裡都堆滿了我擠出來的母乳。

我覺得很奇怪，為什麼小嬸生下孩子之後明明就像是少奶奶一樣被伺候，三餐都吃著發奶的食物，滋補的湯湯水水一天都沒有停過，但就是連一滴奶水都擠不出來，還得了乳腺炎？

果然還是小嬸根本就沒有成為母親的自覺，所以連身體都不會自動生產乳汁餵養孩子吧？否則怎麼會月子還沒有坐完就放得下心把這麼小的孩子丟給婆婆？

小嬸既然不喜歡孩子，又為什麼要生下他？而且上天也太不公平了，為什麼居然輕易地就給了她一個男孩？卻忽視我長久的期盼，仍然讓我的希望落空。

每次看著小嬸的孩子在哇哇大哭，婆婆即使雙臂已經痛得都快要抬不起來，痠痛藥布一張又一張的貼，還堅持要抱著這個孩子時，就恨得咬牙切齒。

為什麼婆婆就是對我生下的孩子這麼不屑一顧？從我的女兒出生到現在，婆婆連認真看一眼都沒有，把心思全都放在小嬸的兒子上。

女兒雖然不像小嬸的兒子這麼愛哭鬧，但是作息還是日夜顛倒，常常半夜醒來哭著要喝奶。

那天夜裡我在擠奶的過程中睡著了，還差點打翻擠了快要一個小時的奶，不小心把睡在我們夫妻中間的女兒給吵醒，女兒嚶嚶的哭泣著。

老公也被吵醒了，醒來後第一件事不是起來查看女兒到底為什麼哭泣，或者幫忙把女兒哄睡，而是不耐煩地皺起眉頭，說：

「又怎麼了？為什麼又哭了？」

「可能是餓了，也可能是尿布濕掉了。」我誠惶誠恐地說道。

「這樣下去我真的不行了，我明天一大早就要上班呢，我看我還是到樓下睡吧。」

老公的表情像是在埋怨我，抱著自己的枕頭走出房間。

我給女兒餵了奶，好不容易才又把女兒給哄睡了。拖著疲憊的身體，拿著剛才擠好的乳汁走到樓下廚房放進冰箱。一走進廚房，就看見婆婆正拿著我保存在冰箱裡的奶水在解凍。

「媽，妳在幹嘛？」

「軒軒餓了，弄一點奶給軒軒喝啊。」

我看著婆婆手中的集乳袋。「這不是我冰在冰箱裡的母奶嗎……？」

婆婆未經過我的同意，就把冰庫裡的母乳熱來給小嬸的兒子喝，還一臉嫌惡地像是在抱怨我小氣，說：

「反正妳的奶這麼多，都堆滿整個冰庫，其他東西都快要冰不下了，分一點給軒軒喝又不會怎麼樣？」

婆婆一邊說著，一邊拿著熱過的奶倒進奶瓶，塞進小孀兒子的嘴巴裡，那張貪婪的嘴用力地啜飲著我的奶水。

光是想到那團哇哇大哭的肉球，居然在偷喝著從我乳房擠出的母乳，就讓我感到噁心與厭惡。

該死的偷奶賊！憑什麼喝我的奶？

我們又沒有任何血緣關係，況且連他的親生母親都將他棄之於不顧，像個燙手山芋一樣丟在這裡讓婆婆照顧，瓜分婆婆本應該對我們母女倆的關愛，現在居然還偷喝我的奶水，一股恨意就像滴在白紙上的墨水一樣，慢慢地蔓延開來……。

「妳有沒有聞到什麼味道啊？」

婆婆扁塌的鼻子皺了起來，像是狗一樣在空氣中嗅了嗅。

「啊？」

「有一股臭酸味，好像東西放了很久壞掉的味道。」婆婆翻了翻懷中孩子的尿布，又自言自語的說：「尿布還是乾淨的，不是我們軒軒啊？」

我也四處尋找著婆婆所說的氣味來源，但就是沒有聞到婆婆口中所說的臭味。婆婆把奶瓶丟進水槽，抱著孩子要回房休息，經過我的身邊時，突然厭惡地捏起了鼻子。

「原來是妳啊？妳也太臭了吧。妳是多少天沒有洗澡洗頭了啊？拜託妳行行好，去把自己洗一洗好不好？」

婆婆似乎忘記了我還在坐月子，嫌棄完了，就抱著偷我的奶水吃飽喝足的軒軒上樓，嘴裡還哼著歌哄懷中的孩子入睡。

我低頭聞了聞自己的身體，真的有令人嫌惡的惡臭嗎？還是我的頭髮也跟小嬸一樣有著大塊的頭皮屑。我走進浴室，脫下好幾天沒有更換的衣服，讓蓮蓬頭噴出的水淋在自己許久沒有洗澡的身體上，又想起方才婆婆厭惡的嘴臉，用肥皂抹在自己的皮膚上，試圖洗刷那惱人的惡臭。

洗完澡，我站在鏡子前看著鬆弛的肚皮，浮現青筋又腫脹的乳房與臉色蒼白的自己，不禁懷疑，自己到底是為了什麼落入這樣的境地？我為什麼要為這樣的男人、這樣的家，生下這個孩子？

為什麼妳要從我的肚子裡出生？為什麼妳要來到這個世界上，破壞了我的人生？

我開始懷疑母親所說的話，原來都是對的。

9.

與大女兒分房睡之後，壓力並沒有因此而減輕，早就過了包尿布年紀的大女兒居然開始尿床了。

我看過不少文章與報導都指出，兒童時常在家中有弟弟或妹妹出生以後產生行為退化的情形，都是說明孩童因擔憂母親的關愛被瓜分而產生巨大的壓力，所以我也沒有指責因為尿濕了床鋪而愧疚的女兒，反而一邊鼓勵她，一邊替她把髒了的床弄乾淨。

只好每天晚上都叮嚀女兒不可以喝太多水，上床之前一定要把膀胱裡的尿液解乾淨，但是到了隔天早上迎接我的永遠都是尿濕的床墊與床單。

在家事與育兒之間還要分神處理大女兒的情緒問題，每次告訴老公，疲憊的老公總是一副事不關己的模樣，說孩子不過就是尿個床，有什麼好大驚小怪的？然後又開始責怪我，到底為什麼給孩子這麼大的壓力，竟然都已經七歲了還尿床，又讓我內心的無力感更加沉重。

而自從得知婆婆總是偷拿我冰在冰箱裡的母奶給小嬸的兒子喝以後，我每次餵完了女兒，就會把擠出來多餘的奶水倒進水槽裡。寧可浪費這些辛苦擠出來的乳汁，也不願意便宜了那個只會哇哇大哭、霸佔婆婆全副疼愛的偷奶賊。他自己的母親都不願意餵哺他了，憑什麼要讓他喝我的奶水？

婆婆的雙手終於再也支撐不住孩子的重量，連拿飯碗都痛得哀哀叫，就連中醫針灸與貼藥膏都止不了她的疼痛。

醫生說婆婆這是肌腱發炎，俗稱的媽媽手，常發生在長期抱孩子的母親身上，由於婆婆的年紀又大，所以症狀要比一般年輕人來得嚴重且恢復得慢，要她好好休養，短期之內都不應該再繼續抱孩子或者提重物。

老公看不下去小叔夫妻生了孩子就撇給婆婆撒手不管，終於拿出兄長的氣魄，一通電話把小叔叫回家。

「媽現在都已經這個樣子了，你們還想要置身事外嗎？既然都已經當了父母，就要承擔起責任。看是你們要出去花錢請保母，還是把孩子帶回去自己照顧，總之不能再讓你們兩個繼續事不關己了。」

對弟弟一向忍讓的丈夫難得端出兄長的架子，果然得到了效果。雖然婆婆一直強調這點小事沒有什麼，為了她的寶貝金孫這點痛還可以撐著，但拗不過老公的堅持，當天晚上小叔就把孩子接回家。

這個家裡終於清靜了，再也不用二十四個小時都聽見兩個小嬰兒輪番哭鬧的聲音，最重要的是終於不用再看著婆婆抱著小嬸的兒子，以溺愛的表情，左一句「我的金孫」，右一句「金孫真乖」，在面前礙眼，像是時時刻刻都在提醒我，都是妳的肚皮不中用，生不出令婆婆寵愛的金孫。

但是小嬸的孩子被接回去照顧以後，剛出生的小女兒並沒有獲得更多的關心，婆婆對於我的女兒還是一樣不屑一顧，就算孩子哭得面紅耳赤，我在浴室裡替公公洗澡，婆婆仍然連稍微看顧一下哭鬧的女兒都不願意，坐在客廳看著電視，拉扯著嗓門對著我吼：

「杏芬，妳女兒又哭了，到底是為什麼整天哭個不停？」

我匆匆忙忙替公公洗完澡，衝上樓去哄著哭鬧不休的女兒。

自從小叔把兒子接回去照顧後，婆婆便仗著自己現在雙手不方便，連倒杯水都要人代勞。我一個人顧著兩個老的，一個小的，比之前還要忙碌，人也憔悴了許多。鄰居的大嬸看見我臉上掛著黑眼圈、拿著兩大袋垃圾追垃圾車的樣子，都不禁心疼的說：

「唉唷，妳怎麼看起來比懷孕之前還要更瘦了，簡直風一吹就快要把妳的骨頭吹散了，是不是太累了？」

我苦笑著。「孩子剛出生，是比較難帶一點。」

「做母親的要好好照顧自己，才能照顧孩子，別累壞了。」鄰居的大嬸拍了拍我垂著的肩膀勉勵著。

但耳根子稍微清淨的好日子並沒有幾天，小叔與小嬸就帶著孩子回到老家。

鄰居嫌他們的孩子日夜哭啼，吵得整棟樓的住戶都沒辦法睡覺，每天都來敲門請他們安靜一點，連房東都受不了，提前跟他們解約，押金全額退還，拜託他們盡快搬走，夫妻倆只好帶著孩子回到老家住。

這下可把婆婆給樂壞了。

她一心期盼著她的么兒可以帶著妻兒跟她團聚的願望，居然因為一個媽媽手而實現，還真是因禍得福。

小嬸請了育嬰假回來照顧孩子，但除了自己的孩子，其餘的事情一律不插手，舉凡洗衣、煮飯、打掃、伺候公婆，全都還是由我一個人處理，一個孩子一天至少要餵五、六次奶，小嬸餵完了孩子，就把奶瓶丟在流理台，都快堆成一座小山了，孩子沾上排泄物的衣服也是扔在洗衣籃裡等著別人洗乾淨。

我又不好意思直接告訴小嬸，請她要自己處理這些瑣事，只好告訴老公，拜託他可不可以委婉地去跟小叔說一聲，讓小叔轉達給小嬸。

上了一天班已經累壞的老公，回到家還要被兩個剛出生不久的嬰兒左右夾擊，下班後只想好好休息，面對我的抱怨，老公皺著眉頭一臉不耐煩地說：

「這種事情有什麼好說的？不過就是一點舉手之勞的小事。」

「這怎麼會是舉手之勞的小事？我一天能睡覺的時間都沒有三個小時，張開眼睛就要忙裡忙外，伺候爸跟媽也就算了，現在還得伺候她了嗎？」

老公顯然不懂身為一個家庭主婦有多辛苦，而且老公這麼說，不就間接的表示覺得是我小家子氣、愛計較嗎？我情緒激動得哭了出來，老公嘆了一口氣，放軟了語氣，說：

「我又不是這個意思，不要多心了。妳若是不想幫她收拾，大可放著不管，等到她沒有奶瓶、沒有衣服的時候，就會自己去處理了。」

我只好按照老公的建議，不再順手替小嬸把堆在洗碗槽的奶瓶洗起來、烘乾、消毒，也不再替她洗小寶寶的衣服，果真就像老公所說的，等到沒有奶瓶可以餵奶、寶寶沒有衣服可以穿的時候，小嬸就會自己去把奶瓶與衣服洗好。但半夜裡還是會隔著一堵牆，聽見小嬸在跟小叔抱怨：

「你知道大嫂有多自私嗎？不過就是幾個奶瓶、幾件衣服而已嘛，她就是不幫我洗，故意晾在那邊，是想要在媽面前指責我有多懶惰嗎？孩子都已經餓到哇哇大哭，等到要泡奶的時候才發現沒有奶瓶，還要手忙腳亂的清洗消毒，是存心要讓我難堪嗎？」

「大嫂平常已經夠忙的了，妳沒有分擔家事，這些事情也應該要自己做吧？」

小叔的聲音聽起來也滿是無奈，又更加助長了小嬸的怒氣。

「那你自己回來顧啊，說得這麼輕鬆容易，你們都不懂我有多辛苦嗎？你兒子一沒看到人就會哭個不停，我連上廁所、洗澡都要把他帶上，你說我哪有辦法空得出手做這些事情。還不都是你媽把軒軒給慣壞了，害我現在要這樣活受罪。為你生了孩子，做牛做馬，孩子都還不是跟我姓，我到底為什麼要這麼辛苦啊？」

小嬸說著說著就越發激動，也越來越大聲，小嬸不可能不知道這間房子的隔音不好，我懷疑小嬸根本就是故意要說給我聽的。

我苦著臉推了推正在打呼的老公，要他自己聽聽看，他那個好弟弟，娶得是什麼公主病的老婆？自己孩子的事情都不處理，還毫無羞愧之心，大言不慚地指責我自私。老公居然一臉不耐煩地嘆了口氣，說：

「唉呀，妳們女人一張嘴就是愛抱怨，妳就左耳進右耳出，不要往心裡頭去。」

老公雖然嘴上說得輕鬆簡單，但自己也是第一個受不了每天晚上要被兩個嬰兒的哭聲前後夾攻而睡不好，還要陷入三個女人的戰爭中左右為難，老公似乎下意識地想要逃避這些瑣碎的事，不想再聽我抱怨，開始每天晚上都睡在一樓客廳的沙發上，早上醒來刷完牙、吃完早餐又去上班，兩夫妻根本沒有時間可以好好談談要怎麼解決這些事情。

我也時常都睡不好覺，躺在床上眼睛才閉上，彷彿又聽見女兒的哭聲而驚醒，卻發現女兒安安靜靜地躺在身邊正睡得香甜。可是剛剛明明聽見了女兒的哭聲啊？或許是太累聽錯了吧。我打了哈欠，替女兒蓋上小被子，又閉上眼睛。

10.

替公公洗好澡，為女兒換新尿片，廚房的爐火上還有一鍋正在滷著的肉，期間還要分心聆聽垃圾車是否到來，突然聽見婆婆的叫喚聲：

「杏芬、杏芬。」

婆婆是個急性子，要是沒有立刻出現在她面前，免不了又要被婆婆教訓一番，我趕緊替女兒換上新尿片、穿好包屁衣。連洗手的時間都沒有，隨手抽張濕紙巾擦了擦沾到嬰兒屎尿的雙手，誠惶誠恐地衝下樓，卻看見婆婆坐在客廳裡雙眼緊盯著電視，還不時發出樂不可支的笑聲。

「媽，您叫我？有什麼事嗎？」

婆婆回過頭，一臉疑惑地望著我。「我沒有叫妳啊。」

我疑惑地回到廚房，洗了洗自己的手，心想剛才真的聽見有人在喊我的名字啊，難道我真的聽錯了？或許是一直分心聽著垃圾車是否到來，還要注意爐火上的滷肉，才會聽錯吧。

到了晚餐時間，老公與小叔也回家了，小嬸下樓走到餐桌前，看了一眼桌上的菜色，又旋即往樓上鑽。

我一臉焦慮地看著小叔，問道：

「芯妮是不是不喜歡吃我煮的東西？是哪裡不合胃口嗎？」

小叔則笑著說。「不是啦，是芯妮說她都生完好幾個月，體重都沒有下降的跡象，最近想要減肥，所以不吃晚餐了。」

我知道小叔這是在給我台階下，因為到了深夜，時常聽見小嬸會把小叔從床上挖起來，要他去給她買宵夜吃，收垃圾的時候還可以看見小嬸房間裡的垃圾桶躺著鹽酥雞的袋子，根本就不像是一個正在減肥的人。

當我還在為小嬸的態度耿耿於懷，婆婆喝了一口湯，把湯碗摔在桌上，一臉嫌惡地皺起眉頭。「杏芬，妳是把賣鹽的打死了嗎？今天的湯怎麼這麼鹹？」

我誠惶誠恐地勺了一口湯試試，果真比平常還要鹹了很多。慌忙解釋著：

「我可能倒垃圾前放過鹽卻忘記了，然後倒完垃圾回來後又放了一次……」

「妳煮飯都沒有試吃嗎？做事可不可以謹慎一點，我們家的人都有高血壓、心臟病的家族遺傳，妳公公還中風半身不遂，妳這樣是不是想讓我們所有人都早一點去死啊？」

聽著婆婆越來越誇大的指責，老公從頭到尾都沒有說話，靜靜地扒著碗裡的飯，倒是小叔出面替我緩頰。

「媽，沒有那麼嚴重啦，大嫂又不是故意的，只是偶然一次忘記了而已啦。鹽巴放太多，再加一點水稀釋就可以了啊。」

聽著自己最心疼的小兒子如此說道，婆婆這才解了氣，一張尖銳的嘴巴才閉起來，不再針對我的失誤大肆挑剔。

吃過飯，一家人都在客廳看電視，只有我一個人還在廚房收拾，突然覺得自己好像不是這個家的一分子，我只是這個家的傭人，沒有人會在乎我有多忙多累，但只要犯了一點小小的錯誤，任何人都可以指著我的鼻子責罵我的不是。

整理好廚房，削著餐後水果，看著手中的水果刀，突然有一個聲音闖進我的耳朵裡。

沒有人在乎妳，妳為什麼不去死呢？

我驚愕的回過頭，卻發現廚房裡只有我一個人，全家人都還在客廳看電視開心地笑著。

那句話不禁令我全身發抖，因為這是母親以前最常說的話。我之所以逃離那個家，就是因為受不了母親那冰冷的眼光，當母親看著我的時候，眼神裡一點溫度都沒有，就好像在看著低等的蟲子一般，恨不得一腳將我踩扁，或許連眉頭都不會皺一下。

妳為什麼要出生在這個世界上？**沒有人喜歡妳啊**。

我舉起刀揮向聲音傳來的方向，想要斬斷那些令人害怕又自厭的聲音，我砍向的卻是一片空氣。

要是妳沒有從我的陰道出生就好了，我根本不想生下妳。

「住嘴！」

我清楚地聽見聲音來自自己的背後，回過頭砍向那死命糾纏著我的聲音，刀落的時候才發現站在身後的是剛剛走進廚房裡的小叔。

「啊——。」

小叔尖叫了一聲，客廳裡的所有人都衝進廚房查看，看見小叔摀著手臂上流血的傷口，而我的手中抓著一把染血的刀。

「志中。」

心疼寶貝兒子的婆婆立刻上前查看小叔的傷勢，老公則趕緊拿毛巾為小叔止血，小嬸看著一臉驚愕、手裡還拿著刀的我，立刻指著我吼叫著：

「大嫂妳想幹什麼？我們志中是哪裡得罪妳了？為什麼要動手傷害他啊？還是妳是看我不

爽，妳就衝著我來，為什麼要對我們志中下手？」

「我、我……」

我慌張得連話都說不清楚，手中的刀子掉落在冷硬的磁磚地上，發出鏗鏘的聲響，看著受傷的小叔百口莫辯。

婆婆氣得甩了我一個耳光，我的左耳嗡嗡嗡的，但仍聽見婆婆的吼叫：

「妳這歹毒的女人到底安什麼心眼？居然想要殺自己的小叔。」

「我們快點報警、叫救護車。」小嬸唯恐天下不亂的大聲嚷著，又更助長婆婆的怒氣。

來自臉頰的疼痛蔓延全身，但卻只能站在原地動彈不得，也開不了口向所有人解釋剛才到底發生什麼事，剛剛真的有一陣聲音傳向我的耳朵，我只是想要她閉上嘴巴而已，絕對沒有想過要傷害小叔啊。

「不需要這樣，大嫂是不小心的，不是故意要傷害我的，沒必要把事情弄得這麼複雜，反正只是一點皮肉傷，上點藥就可以了。」

小叔如此說著，在心疼的婆婆攙扶下回到客廳去上藥。

小嬸離開廚房前還惡狠狠地瞪了我一眼。

老公則冷冷地看著這一幕發生，一語不發的走開，跟著其他人一起到客廳查看小叔的傷勢。

獨留在廚房目睹著這一切的大女兒，以一臉惶恐的表情看著我。

「媽媽……媽媽……。」

我想要安撫嚇壞了的大女兒，伸出了手，卻發現自己的手沾了鮮血。大女兒看見我手上的血跡害怕得哭了，轉身逃跑。

11.

在婆婆再三勸說之下，小叔還是去了一趟醫院處理傷口，所幸傷得不深，連縫合都不需要，只是打一針破傷風與吃一些止痛、消炎藥物就沒有大礙。

但是婆婆與小嬸對我的態度則完全改變了。

以前婆婆雖然對我頤指氣使，現在則是完全將我當成傷害兒子的仇人看待，原本就不是和顏悅色地對待我，現在則連看我的眼神都充滿厭惡。

小嬸之前還會做做表面功夫，將我當成丈夫兄長的妻子虛應一下故事，現在連正眼都不會多看我一眼，不僅完全不吃我煮的飯菜，小叔下班就偷偷買了食物，小嬸就一個人躲在房間裡進食，簡直就像在防範敵人一樣，深怕我會在她的食物裡下毒一樣提防著。

本就話少的丈夫變得更加沉默寡言，漠視著這個家中每一個成員對我的排擠，但最讓我感到憂心的是大女兒的轉變。

前幾天上午，學校老師打了一通電話到家中，說女兒最近的行為很反常。

坐在女兒隔壁的那位男同學，平常都是以捉弄其他人為樂，坐在他身邊的女兒理所當然就成了他惡作劇的對象，平常孩子吵吵鬧鬧，向老師告狀，只要是無傷大雅的小事，老師也只是口頭告誡一下或者是寫寫聯絡簿就完事。

但這次那名調皮的小男生把蚯蚓放進女兒的鉛筆盒裡，女兒在課堂上打開鉛筆盒發現了以後，不顧老師還在講課，一氣之下抓起鉛筆盒往男同學的臉上砸。

所幸男同學除了流一點鼻血就沒有大礙，男同學的家長知道自己的孩子理虧在先，所以沒有追究的意思，只要求老師分開兩個發生紛爭的孩子的座位。

我在電話裡跟對方家長道歉，掛電話後，一時心直口快，氣急敗壞地質問女兒到底為什麼會發生這種事，她怎麼可以對其他人使用暴力？

女兒又露出了那天看見我不小心劃傷小叔手臂時惶恐的表情，直發抖，卻什麼都說不出口，當著我的面前就失禁了。

黃澄澄的尿液順著女兒幼弱的雙腿流下，在地面上擴散開來。我先是歇斯底里地對著女兒大吼，但我已經不記得自己吼叫的內容，直到婆婆與小嬸聽見騷動進門查看，安慰著已經嚇壞了的女兒，並指責我怎麼會把自己的孩子嚇到尿褲子？

我冷靜下來後替大女兒處理好排泄物，在婆婆的協助下換好衣服的大女兒瑟縮在單人床上看起來好可憐。我躺在女兒的床上，從背後抱著瑟瑟發抖的女兒，一陣心痛襲來。

「對不起，都是媽媽不好。媽媽還是愛妳的。」我對大女兒如此說道，但女兒已經連看著我都不願意了，在我的懷中掙扎，想要掙脫我的懷抱，甚至咬了我的手一口。

我痛得驚呼了一聲，鬆開雙臂，女兒突然轉過身，掀開我的衣服，吸吮著我的乳頭，企圖像小嬰兒一樣啜飲我的乳汁。我嚇得用力推開她並且跳下床，女兒的後腦杓撞到了牆，開始嚎啕大哭。

我把這件事情告訴了老公，老公卻冷冷地說：

「看看妳做的是什麼好榜樣？先管好妳自己再說吧。」

言下之意就是在指責我那天不小心將小叔弄傷的事，然後抱著枕頭離開我們的房間。

看著老公冷漠的背影，我突然覺得自己好失敗。我努力地不要重蹈母親的覆轍，想要建構屬於自已幸福美滿的家，成為一個好妻子、好母親，但是到頭來老公無法體諒，就連女兒都懼怕我，還產生這些反常的現象。

一想到此，我不禁潸然落淚。

小女兒的哭聲在耳邊響起，我以為女兒是肚子餓了，抹掉臉上的淚痕，揭開上衣露出乳房，抱起了女兒，把膨大的乳首塞進女兒哇哇大哭的嘴巴裡，但女兒就是不肯喝奶，無論怎麼哄她，女兒就是哭個不停。

一牆之隔的小嬸的兒子似乎受到驚動，就像是連鎖反應一般，也開始發出強而有力的哭聲。

哇哇——哇哇——哇哇——。

緊接著從另一道牆傳過來的，是小嬸與小叔清醒後不耐煩的哄著孩子的聲音。

「煩死了，才睡一下又哭了。」

「好了，不要再哭了。」

但兩個孩子就像是較勁一樣，一來一往，越哭越大聲，最後一牆之隔的房間傳出敲打牆壁的聲音，與小嬸的怒吼。

「拜託你們，可不可以安靜一點？」

哭聲與敲牆聲震耳欲聾，又急又氣惱的我有一股衝動，想要把女兒丟在地上摔死，這樣世界就平靜了。但最後我還是忍住了，將女兒放在柔軟的床墊上，對著哭得撕心裂肺的女兒大吼：

「哭什麼？不要哭！」

碰碰！

敲牆聲就像是來自四面八方，震得我頭痛欲裂，但卻無處可逃，我摀著耳朵蹲在地上。

女兒哭了許久才停歇，累壞的我不知何時也含著眼淚趴著睡著了。

沒有人喜歡妳。

我被這熟悉的聲音驚醒，抬起頭才想起房間裡除了自己與女兒根本不會有其他人。但那個聲音又繼續從一片黑暗中傳來：

妳為什麼要出生在這個世界上？

要是沒有妳就好了。

12.

要是沒有小嬸的兒子就好了，**婆婆就會喜歡妳**，**還有喜歡妳生的孩子了**。

這個聲音時常會在不經意之間從我的耳邊冒出，但是當我回過頭，房間只有自己孤零零的一個人，小女兒躺在床墊上安安靜靜地睡著。

老公已經不回來這個房間睡覺了，大女兒也不敢靠近我，我覺得自己被孤立了，我們被困在這個沒有人會踏足的房間裡，世界的全部，就只剩下自己與小女兒。

我給女兒洗完澡，女兒在洗澡的時候好乖好乖，都不會掙扎，真是一個令人心疼的好孩子。

為什麼這麼乖的孩子卻沒有人喜愛呢？

對了，一定是因為小嬸的孩子的緣故，要是沒有那個孩子就好了。

「要是沒有那個孩子就好了，要是沒有那個孩子就好了……。」我自言自語的說著，一邊替孩子洗頭。

我將洗完澡的孩子擦乾，穿上充滿陽光曬過氣味的紗布衣，胸部脹得不得了。

小女兒最近也不太喝奶，就算把乳頭塞進女兒的嘴巴裡，女兒還是不願意吸奶，只想要睡覺。乳房不停製造出孩子的食物，但孩子卻不喝。

料理完女兒的事情，我小睡片刻，卻被乳房傳來的脹痛給驚醒，只好走進廁所動手將母奶擠出來。

乳汁噴在洗手槽裡，水龍頭流出水將我的奶水變成一道漩渦流進排水孔中，我看著那個漩渦失神，覺得自己彷彿也被拉進了那個漩渦之中，我想要脫逃，卻只是呆站在那裡動也不動。

擠完奶經過客廳的時候，小叔、小嬸、老公與婆婆都還在看電視，我也好想要跟他們一起和樂融融地坐在一塊對著電視發笑，但是最近只要我一靠近，大家臉上的笑容就全部消失了，用充滿防備的表情看著我。

而且我真的好累好累……一張開眼就有處理不完的事情，女兒與小嬸的兒子不知道什麼時候又會哭鬧起來。

大女兒的作業本看了嗎？洗衣機運作的聲音轟隆作響，正在洗的衣服等一下要記得晾起來，不然到了明天就發臭……對了，明天得要給公公洗頭，公公的頭已經三天沒有洗了……還要倒資源回收的垃圾，以及超商明天是會員日，記得要買特價的牛奶與衛生紙……。

好累，真的好想休息一下，好想一閉上眼睛就不用醒來。

我踏著疲累的步伐走上樓梯，為什麼樓梯變得這麼長？好像無止無盡。

四周都是一片黑暗，我失去了方向。

我到底在哪裡？我的容身之處在哪裡？母親從來都不曾愛過我，我也從來都沒有在有母親的那個家中得到一點點歸屬感，而現在呢？

我又到底在哪裡？我一直以為的歸處呢？

我摸黑回到自己的房間，怕自己睡太熟，會忘記把洗衣機裡的衣服晾起來，只敢趴在床邊小睡一下。在迷迷糊糊中，聽見孩子的哭聲，但我分不清楚是自己的女兒在哭，還是一牆之隔的小嬸的兒子在哭。

拜託，不要再哭了，讓我睡一會兒吧，一下下就好了……。

把那只會哇哇大哭的嘴巴捂起來，就聽不見哭聲了喔。

說得對，必須堵起來才行。

把棉被放在那張愛哭的臉上吧，這樣就聽不見惱人的哭聲了。

於是我伸出了手，捏起毯子的一個角落，蓋在孩子的臉上，瞬間就像是按下了消音，孩子的哭聲彷彿被掩埋在好深好深的地方。

這世界終於安靜了。

對吧？只要沒有他，世界就會恢復平靜喔。

孩子小小的四肢在棉被裡動著，好像在跳舞，也好像在求救，他的嘴巴發出咿咿啊啊的聲音，是大哭的前兆，於是我輕輕地把手按在他的臉上，不讓哭聲傳出。

做得很好，再忍耐一下下就好了，原本屬於妳的關愛就要還給妳了。

「大嫂，妳在幹什麼？」

手裡拿著奶瓶的小嬸打開燈，我瞬間清醒。發現自己站在嬰兒床前，而嬰兒床裡的孩子被深埋在被子裡。

小嬸慌張地推開了我，趕緊把蓋在孩子臉上的毯子掀開。

孩子的臉已經憋得通紅，呼吸到空氣開始聲嘶力竭地哭著。

「哇——哇——。」

在樓下看電視的小叔、婆婆與老公聽見了騷動也上樓查看，看見小嬸慌張地抱起孩子，而我則是一臉失神的模樣站在嬰兒床邊。小叔問道：

「發生了什麼事？」

「大嫂她想要殺我們的孩子，她剛剛把棉被蓋過孩子的頭，想要把軒軒悶死。」小嬸憤怒的指控著，嘶牙裂嘴的表情就像想要把我碎屍萬段。

我、我沒有，我只是想要他安靜下來而已啊。

但這句話卻卡在喉嚨，無論我如何用力就是說不出口。

小叔試圖安撫小嬸的情緒。「怎麼可能……？妳是不是誤會了什麼？」

「我才沒有誤會，是我親眼看見的，大嫂根本就是想要弄死這個孩子。」小嬸指著我的臉吼叫著。

「妳這個歹毒的女人，怎麼連這麼小的孩子都下得了手？這孩子是哪裡得罪妳？妳要這麼心狠手辣？連一個這麼小的孩子都不放過。」

婆婆凌厲的巴掌落在我的臉上，但奇怪的是我已經感覺不到痛，也感覺不到委屈，只有靜靜地站在原地讓婆婆凌遲著我。

丈夫沉默地讓一切發生，正在樓下寫功課的大女兒應是聽見了大人們的咆哮而上樓，站在門外用像是看見妖怪的表情望著我。

這一切都只是夢境，不是真的。這一切都只是夢境，不是真的。這一切都只是夢境，不是真的。這一切都只是夢境，不是真的。這一切都只是夢境，不是真的。這一切都只是夢境，不是真的……。

13.

每天就像是行屍走肉一般，承受著小嬸與婆婆的恨意，丈夫的漠視與大女兒的恐懼，都讓我沒有活在這個世界上的真實感，彷彿自已的存在是多餘的，是個隨時都有可能爆發的不定時炸彈。

婆婆不讓我煮飯了，說是要讓我好好休息，但其實是在忌憚我會在家人的飲食中下毒吧？雖然我真的曾經拿著老鼠藥站在湯鍋前，想著把老鼠藥倒進湯裡面，跟全家一起去死算了，但我終究還是沒有這麼做啊。

毒死惡毒的婆婆、討厭的小嬸、怕事的老公與只會裝好人的小叔……不要看小叔一臉好相處的模樣，我就曾經親耳聽過小叔與老公嚼舌根，說我是不是生病了，要老公帶我去看精神科。

誰神經病，你們才都是神經病，全都去死算了。

對了，還有公公與女兒，如果大家都死了就沒有人照顧他們了，反正公公本來就只剩下半條命，苟延殘喘地活著，就連他一起毒死好了。

孩子沒有大人的照顧就會活得很辛苦，就跟我一樣，沒有被好好疼愛保護的孩子最可憐了，還不如不要出生在這個世界上，絕對不能讓她獨活在世界上，把女兒一起殺掉算了。

但那都只是我的幻想啊，人都有幻想的權利不是嗎？難道在幻想之中把別人殺死也不行嗎？

你們怎麼可以這樣對待我？不過就是在無意識間做了一丁點錯事就要這樣排擠我。

小女兒還是不願意喝奶，我也什麼都吃不下，但胸部還是脹得像是快要爆掉了，我只好喝從自己乳房擠出的奶，補充一點點營養。喝著自己的奶水，有一點點腥腥鹹鹹的味道，原來女兒平常都是喝著這樣噁心的食物，怪不得她最近都不想喝了。

而且這幾天我一直聞到一股臭味。

這股臭味是哪裡來的？難道是我自己嗎？

我像狗一樣嗅著自己的皮膚與頭髮，但是我已經洗過澡了，沒有理由還是這麼臭啊。

又想起坐月子時，婆婆嫌我臭的那一臉厭惡嘴臉，我又心慌了起來。

這個家裡的人已經夠討厭我了，說不定婆婆還會煽動老公跟我離婚，把我趕出這個家，這樣我就真的連一個容身的地方都沒有了。

不行，我就只剩下這個家了。

原生家庭的母親厭惡我，小時候肚子餓了，母親寧願拿皮夾裡最後的一點錢去買勾引男人目光的洋裝，也不會幫我交營養午餐費；生病了母親也不會帶我去看醫生，而是叫我多穿兩件衣服、喝點熱水就好；當我的初經來臨時，經血沾染在床單上，母親非但沒有恭喜我成為一個真正的女人，還氣得打了我一頓，嘴裡還不停地說為什麼我要是個女孩？為什麼自己要生下我？

那根本就不是家，是煉獄，以母親之名毀掉我的前半生的那個女人，只是披著人皮的惡魔，我發誓一定要離開母親的陰影，絕不要成為像母親那樣的母親，毀了一個孩子的一生。

絕對不能再讓他們有討厭我的理由，於是拿出給女兒擦屁股的溼紙巾，用力擦拭著自己的身體，直到蒼白的皮膚都出現了皮下出血的痕跡，然後在房間裡噴上小嬸剛剛嫁進他們家時送我的那罐香水，把房間所有的窗戶都打開，讓臭味散出去，這樣家人就沒有嫌棄我的理由了。

哇哇—哇哇—哇哇—哇哇—哇哇—哇哇—哇哇—哇哇—哇哇—哇哇—哇哇—哇哇—哇哇—哇哇——。

小嬸的孩子又在哭了。

該死的小鬼，吵死人了，一天到晚哭個不停，閉上你的嘴巴，拜託不要再哭了。

用針線縫起那張愛哭的嘴巴，那個孩子的嘴簡直就跟他那個苛薄的媽媽長得一模一樣，長大以後必定會說出尖銳的話刺傷別人。

哇哇—哇哇—哇哇—哇哇—哇哇—哇哇—哇哇—哇哇—哇哇—哇哇—哇哇—哇哇—哇哇—

哇哇——。

還是乾脆掐死他，小小的頸椎只要用力一掐就可以折斷了吧？就像折斷一片餅乾那樣輕鬆容易。

哇哇—哇哇—哇哇—哇哇—哇哇—哇哇—哇哇—哇哇—哇哇—哇哇—哇哇—哇哇—哇哇——。

不，還是將他高高地舉起，用力摔在地上，還未發育完全的頭蓋骨像是雞蛋殼一樣脆弱，敲到地上就會裂開，像豆腐一樣的腦袋就會變得像是糨糊一樣，從鼻孔裡流出來。

去死吧。

討厭的死小孩，去死！

全都去死。

14.

夕陽的餘暉穿越了紗窗映在西曬的房間內，整個房間就像是烤爐一般，我被熱醒了，迷迷糊糊的張開眼睛，還在確認自己身上的臭味消失了沒，但飄散著廉價香水味的房間還是有一股難以掩蓋的臭味，連自己都覺得有一點難以忍受了。而且為什麼房間裡會有蒼蠅？

我動手揮開在房間裡亂飛的蒼蠅，已是大汗涔涔，汗水濕透了我的衣服，順著我的脖子流到了胸口，腋下已有一片濡濕的痕跡。

全身都是汗臭會被討厭的，下樓洗澡吧。

我努力地撐起身體，慢慢走出房間。經過小嬸的房間時，發現小嬸的房間門沒有關。

我從門縫裡看見一個洋娃娃躺在地上，小小的腳上還穿著有粉藍色鯨魚的小襪子。

不對，那是小嬸兒子的襪子，像女僕的我替他洗過了好幾回，因為他媽媽不肯動手替他洗襪子。

這個懶惰的臭女人，連孩子的襪子都不想洗，為什麼要當母親？又為什麼要生下這個孩子奪去了婆婆所有的寵愛？

我好奇地推開小嬸的房間門，發現小嬸的兒子躺在地上。

孩子為什麼會躺在這裡？這樣不會著涼嗎？

我失神地盯著孩子的臉，孩子的口鼻與耳朵為什麼會有血跡呢？

我傻傻地站在孩子的旁邊，偏著頭思考著這個問題。

突然間小嬸衝進了房間裡，指著我的鼻子大聲吼叫：

「大嫂，妳在幹什麼？」

噓，小聲一點，孩子在地上睡著了啊。

小嬸趕緊抱起孩子，用力搖晃，隨後撕心裂肺的哭著，宛如一場滑稽的鬧劇。

妳為什麼要殺我的孩子？

我、我沒有。

妳這個殺人兇手！

不、我不是……。

妳對天發誓妳從沒有想過要傷害我的孩子？

我、我……我只是在腦袋裡面幻想過，每個人都有幻想的權利，不是嗎？在腦子裡殺死一個人，是每個人都會做的事，不是嗎？

聽見騷動的婆婆衝上了三樓，一臉錯愕看著我與小嬙，小嬙跪在地上抱著孩子不停地哭泣。

「妳這個可惡的女人！」

婆婆撲了上來，我抱著頭閃躲著婆婆的拳打腳踢，衝出小嬙的房間，躲回自己的房間裡，將房間門反鎖。

我的背靠著門板，雙腿虛軟無力，把頭埋在膝蓋之間，對著自己喃喃自語。

「不是我，我沒有殺了那個孩子，我只是在幻想而已，這一切都是夢，不是真的，都是夢，不是真的、不是真的、不是真的……。」

蒼蠅在我的耳邊飛舞著，振翅的聲音嗡嗡不休，我揮手想要趕跑蒼蠅，卻怎麼樣都趕不走那隻不停糾纏著的蒼蠅。我慌張地爬上床，將自己蒙在棉被裡，企圖躲避惱人的蒼蠅，突然聞到一股濃厚的惡臭。

我在棉被裡尋找臭味的來源，發現床墊已經一片濡濕。掀開棉被，發現小女兒已經發黑腫脹，蛐從女兒小小的口鼻中爬進爬出，床罩已經被屍水給弄髒。

不會的，這孩子前幾天不是還好好的嗎？只是不願意喝奶而已，每天都安安靜靜地跟她睡在同一張床上不是嗎？怎麼可能死掉了？

是我殺了自己的小孩嗎？怎麼可能，那是我的親生女兒啊，身為母親的我，怎麼可能傷害自己的孩子？

對，這一定是一場夢，若是一場夢，請讓我快點清醒吧。那個熟悉的聲音又在我的耳邊響起。

這才不是夢呢，因為妳就跟我一樣，是個糟糕的媽媽。

母親的故事

母親不是都應該要愛自己的孩子，要為自己的孩子著想，以不傷害孩子為前提嗎？但我媽從來都不是這樣的母親。

我還記得我很小的時候，有一次我吃完泡麵，沒有馬上把碗跟鍋子洗起來，因為電視在播放我正在追的韓劇，其實那齣劇也沒有什麼，就是一個高富帥的男人愛上一個貧窮人家的女孩，不惜跟世界上所有反對的聲浪作對，堅持要跟那個女人在一起的故事，那天剛好是大結局。

其實內容真的也沒有什麼特別的，在看第一集的時候我就大概可以猜得出劇情的走向，畢竟我很常看言情小說還有漫畫，妳平常會看這些嗎？總之這類的故事都大同小異啦，有人出來反對他們交往，那個人通常都是男主角的爸媽，因為嫌棄女主角的出身，然後還有白富美的競爭者，總之就是那種很常見的劇情啦，只是因為主演的男主角是我的偶像所以才看的。我有買他的專輯喔，即使我家根本沒有ＣＤ播放器，但是為了支持偶像所以買了。

妳問我錢是怎麼來的……這個嘛，偷偷告訴妳喔，錢是從我媽那些我永遠都記不住名字的男朋友的錢包裡偷拿出來的啦，反正只要跟著我媽進門的男人一律都叫阿北或者叔叔就好，因為我媽很快就會再換一個男人，所以根本不用費勁去了解他們啊。

妳說我會討厭母親一直換男朋友？其實也還好，我倒是挺樂意看見我媽帶男人回家，因為那時她就不會把注意力放在我身上，對我雞蛋裡挑骨頭了。而且大部分的阿北都還不錯，可能是看我很可憐吧，偶爾會給我一點錢買東西吃，但有些人真的很噁心，曾經有一個阿北跟我說，我跟她的孫女差不多大，但他卻偷看我洗澡，有人會偷看自己的孫女洗澡嗎？我跟我媽說，我媽居然打了我一巴掌，要我不許胡說八道，我媽居然寧願相信外面的野男人，也不願意相信我說的話。

喔，說到哪裡？對了，泡麵的事情。因為那個時候電視正在播放我的偶像主演的韓劇，而且還是加長版的大結局，所以下了課就快點趕回家，自己煮了泡麵，想要一邊看著我的偶像一邊吃。

吃完泡麵，想等到連續劇演完以後再洗碗，但是看著看著，不知道為什麼就睡著了……再次醒來，我媽把煮泡麵的鍋子連同裡頭吃剩的一點點泡麵湯砸在我的頭上。

我嚇了一大跳，睜開了眼睛，她拎起我的領子，用力甩了我好幾個耳光。到現在我的左耳都還有一點聽不清楚，時常會有嗡嗡嗡的聲音呢。

挺慘的對吧，哈哈。其實我還蠻慶幸那時候泡麵的湯已經冷掉了，要不然現在我大概已經毀容了吧。

妳說我媽應該不至於這麼狠心把滾燙的湯灑在自己的女兒身上？

你看我大腿上的疤痕，這是很小的時候，我媽叫我去便利商店替她買菸，因為她前一天跟朋友出去狂歡喝了太多酒，頭痛得要命，沒辦法走下床，所以拿了五百塊要我去幫她買紅色的Dunhill，我媽都說那叫紅噹噹，簡直是專門設計來給她抽的菸，因為豔麗的紅色就是屬於她的顏色。

而且那天我媽心情似乎還不錯，可能是又在KTV的包廂裡認識了喜歡的男生吧，她說買菸剩下的錢可以讓我買一樣我想吃的東西。我在零食的架子前想了好久好久，到底要買可樂果還是洋芋片，最後還是選了巧克力，因為巧克力在肚子餓的時候是很方便的東西，只要吃一小口就可以撐很久，因為我媽常常不在家，一走就是兩三天，就算在家也都在睡覺，冰箱也常常是空的。妳說把她叫醒不就得了，不不不，這種時候千萬不能叫醒她，她有嚴重的起床氣，沒睡飽心情會很不好，心情不好就看什麼都不順眼，然後我就遭殃了……。

說到哪裡了？對，巧克力。然後我拿著巧克力滿心歡喜地走到櫃檯結帳，跟當時值班的店員說，我要一包紅噹噹，但是那個時候我還太小，至少一眼就可以看得出來我還未成年，若是平常那個戴著眼鏡瘦瘦高高又駝背的工讀生，一定二話不說就把紅噹噹賣給我，但是那天值班的店員是一個胖胖的中年婦女，便利商店的店員堅持不肯把紅噹噹賣給我，還義正嚴詞的說抽菸對身體不好，小孩不可以抽菸，也不可以對大人說謊。於是我只好拿著巧克力與剩下的錢回家，一五一十地把店員不肯把菸賣給我的事情說給我媽聽。

那時我媽正在廚房裡煮水泡咖啡，看見我手裡抓著巧克力卻沒有把菸帶回來，把杯子裡滾燙的熱水潑向我。

好痛好痛，我痛得尖叫，我媽就抓著我的頭髮，把我拖進浴室裡用蓮蓬頭噴出的冷水沖著我被燙傷的部位，還在我的傷口上塗牙膏，說這樣好得比較快。

妳說這叫做虐童？可能是吧，但是這世界就是這樣不是嗎？沒有被發現的事情就當作不存在，矢口否認的事情就可以當作沒發生。

一開始我媽媽堅持不帶我去看醫生，因為我媽沒有給我辦健保卡，看醫生會很貴，還說不過是一點點燙傷而已，幾天就沒事了。一直到我媽的朋友看見我腿上的皮膚都快掉下來了，叫我媽快點帶我去看醫生的時候，我媽只是隨便胡謅了兩句說是我自己不小心被火鍋的湯燙到了。

醫生也只是皺了下眉頭，要我媽以後小心一點，開了些內服外用的藥就讓我們回家了。學校的老師也只是意思意思在聯絡簿上用紅筆寫「請家長注意孩子的安全」等幾個大字就算了，根本只是在敷衍了事。

其實老師跟醫生都不知道，待在我媽的身邊才是最危險的一件事好不好？我媽簡直就是一個邪惡的魔鬼！

還是我媽其實根本就不是我的親生母親呢？否則怎麼忍心這樣傷害我？妳說是吧？

你們怎麼肯定自己就是母親親生的小孩呢？我常懷疑自己可能是從垃圾桶裡撿來的，又或者是從哪裡抱來的，所以才沒有那麼愛我吧。

妳一定以為我在跟妳開玩笑吧？但是我是認真的。我真的強烈懷疑，說不定我不是我媽親生的孩子，所以她才會這樣對我吧。你看過我大腿上的疤痕就知道，即使是三十八度的夏天也都把自己裹得緊緊的，到底有哪一種母親會拿滾燙的水潑在自己親生孩子的身上啊？

於是我小的時候，開始了一個只有我自己知道的遊戲，我稱之為「死掉的媽媽」遊戲。

第二部　女孩與陰道

1.

濕黏又悶熱的氣候對於一個肥胖的少女來說簡直就是痛苦的折磨，高溫三十八度，教室卻只有兩台電風扇在運轉，吹出來的風都還是熱的。容易出汗的我襯衫早就被汗水給濡濕，腋下與胸前都是汗漬。

下了課我終於再也忍不住悶熱，到洗手槽邊洗洗臉，從水龍頭噴出冰涼的水洗著我黏膩的皮膚，我解開襯衫的第三顆鈕扣，用冷水沾濕手帕，擦拭著汗濕的脖子與胸口，才稍稍洗去夏天的煩悶感。

正當我低著頭洗著手帕時，總是愛起鬨的陳志維偷偷跑到我背後，解開我內衣的扣子。內衣鬆開後，我那巨大的胸部失去內衣的支撐而向外擴，我慌張地抱著胸部轉過身，卻看見陳志維站在我的背後笑彎了腰。

「徐小雯，妳的奶長這麼大，以後妳的小孩一定吃得很飽吼？」陳志維自以為幽默地講著無聊的笑話，一旁圍觀的人也跟著哈哈大笑。

「幹！你很煩欸。」

我又羞又憤，脹紅著臉，雙手抱著胸部一腳踢向陳志維的膝蓋，卻被陳志維閃了過去。重心不穩的我摔了個四腳朝天，眾人非但沒有扶我一把，反而因為這宛如搞笑劇一般滑稽的場面笑得更大聲。

此時，我暗戀的男生周雲翔也抬起頭，透過教室的窗戶看了我一眼，在與我對上眼後又默默地將眼神移開，彷彿假裝沒有看見我狼狽跌倒的這一幕。

這麼丟臉的一幕被喜歡的人看見，對一個少女來說簡直生不如死，雖然我此時有想哭的衝動，但我知道自己絕對不能掉下眼淚，因為一旦哭了，就會被當作開不起玩笑的人，以後就沒有人會跟我做朋友。

於是我只好比他們笑得更大聲，假裝發生在我身上的事情很幽默，但真的一點都不幽默。

等到笑聲結束，他們已不再對我被陳志維捉弄的事情感到有趣時，才趕緊躲進廁所裡，將被解開的內衣穿好，還得抬起頭小心翼翼地提防著那些笨蛋男生有沒有偷偷闖進女廁，趴在廁所的隔間上偷看我整理自己的內衣。

為什麼我要當女生？我想我上輩子一定是做了很多壞事，這輩子才會投胎變成女生。

我真的很討厭身為女生的各種麻煩，還有一副這樣的身體，胸前有兩塊礙事的肉，二十八天會來一次月經，心情不好就會被揶揄難道是大姨媽來……但這卻是身為女生一出生就註定的宿命。

記得國小五年級時，講台上的年輕女老師在講解健康教育第十四章時，是這樣重複強調的：

「男女授受不親，女生要珍惜愛護自己的身體，要潔身自愛，把初夜留給未來的另一半，知道嗎？」

年輕的女老師羞紅著臉在講台上如此說著，台下這群未滿十二歲的女孩全都一臉困惑的望著老師羞赧的臉，不懂所謂的「珍惜愛護」、「潔身自愛」、「初夜」到底是什麼意思？彷彿保護好貞操是女孩自己一個人的事，跟那些奪走女生貞操或者是覬覦女孩身體的男生們一點關聯都沒有。就像是難道我有巨大的胸部，那些臭男生就可以拿我的胸部開玩笑嗎？最糟糕的是被捉弄了我還沒有生氣的權利，因為女孩一旦情緒化就會被說是大姨媽來或者是難相處，久而久之大家就不跟我往來，而對於這個年紀的孩子來說，被冷落比被捉弄還要難熬，所以我果斷的選擇了用笑容粉飾心中的厭惡。

雖然健康教育課的十四章開宗明義地說男女有別，要相互尊重對方的身體，但這幫以陳志維為首的臭男生們顯然把課本裡的東西還給老師，一點用處都沒有。讓我不禁懷疑，為什麼每到五年級上學期，要教健康教育第十四章時，老師就會慎重其事的把男生與女生分開在不同的教室裡上課。

還記得那時學校特地把兩個班級的學生集中在一起上課，男生由平常就兇巴巴還有口臭的訓導主任上課，而女生則是由今年才從大學畢業的女老師授課。明明是炎熱的天氣卻要關窗鎖門，慎重其事的拉上窗簾，彷彿在說些什麼不可告人的祕密，讓本就悶熱的教室更加讓人感到不舒適。

帶著沉重粗框眼鏡的年輕女老師站在講台上，捧著綠色書皮的課本，如喪考妣似的把健康教育第十四章的課文唸完，略過了勃起與性交等關鍵字眼，而是重點強調生理期是女生最好的朋友，經期來臨以後表示女孩將要成為一個女人，從不久的未來開始，到往後的三、四十年，女生都要跟每二十八天就會來一次、俗稱大姨媽的月經好好相處……巴拉巴拉，就算不用說女生年紀到了也必定會知道的事情。

國小五年級的女孩子普遍初經都還沒有來，所以其他女孩們對老師羞紅著臉所說的話還是一知半解，反正月考的試卷上，也絕對不會出現關於性交、勃起、高潮這些考題，我眼神放空的以為老師要說些什麼驚天動地的事情，否則為什麼要像是怕洩漏國家機密一般關窗上鎖？但說出的也不過是就月經這些無聊的事情，讓我不禁覺得有一點失望。

我比同齡的少女早熟一些，初經早在國小四年級就報到了，那些女生仍然懵懂無知、聽著女老師支支吾吾說著生理期是怎麼一回事而困惑，我則是在經血把運動短褲染紅時，以為自己是不是得了什麼不治之症即將不久於世，抽抽咽咽地在保健室老師的安撫之下，以一臉欣慰卻又有一點惋惜的表情告訴我，我已經是個貨真價實的女人。

老師也說女生會比男生早熟一些，無論是身體發育還是心智發育都會稍微早於那些臭男生，雖不知道那個兇巴巴的訓導主任，在上健康教育第十四章的時候對那群臭男生說了些什麼？但我知道肯定不像那個年輕的女老師一樣，紅著臉低著頭猛念課文，因為從那一天起，男生們全都像是打了雞血一樣興奮，帶著好奇卻又有一點不懷好意的眼神，望著我的胸部交頭接耳，嘰嘰喳喳不知道在討論些什麼，過了好一陣子才知道他們熱烈討論的，是我那對比別的女生還要早發育的乳房。

我繼承了母親的易胖體質，國小三年級時體重就已經超過了五十公斤，其他女生的胸前都還像是洗衣板一樣的平坦，我的胸前就已經微微隆起。我在洗澡時看過外婆的胸部，外婆也沒有穿胸罩的習慣，胸部都垂到了肚臍眼，我還以為所有人都一樣，胸前必定有兩塊礙事的肉，所以也不以為意。

那時年少懵懂的我還不自知，只覺得有些奇怪的大叔一直露出猥褻的表情盯著我的胸部看，甚至有一次伸手抓了我的胸部一把，很久很久以後才赫然發現自己被那個奇怪的大叔性騷擾了。

直到老師終於對我制服襯衫底下兩顆凸出點看不下去，寫了聯絡簿給家長，要他們注意我身體的變化。

但母親忙著跟男人廝混，根本就無暇管我，外公畢竟是男人，看不懂老師的意思，外婆又不識字，於是外婆拿著我的聯絡簿給對面念到小學畢業、還可以看得懂國字的大嬸看。

對面的大嬸看完聯絡簿以後，立刻從衣櫃裡掏出她女兒小時候穿過的發黃舊內衣給我穿，於是我成了全年級第一個開始穿內衣的女生。

一開始覺得很煩躁，為什麼同班的女生都沒有穿這件遮住胸前那兩塊肉的布料？尤其是夏天的時候汗水沾在內衣上，胸口又濕又黏，常常害我的胸部長濕疹。也有可能是大嬸給的舊內衣根本就不符合我的尺寸，穿上之後肩膀與腋下被勒出了印子，胸前那兩團肉，還不時會隱隱發脹，一碰到就覺得疼痛，讓人覺得很不公平，為什麼同年齡的女生不用穿，我就被老師還有住在附近的大嬸強制穿上那件惱人的內衣呢？

嘴賤的臭男生也很喜歡拿我的胸部開玩笑，或是故意在經過我身邊時，偷偷用手肘頂我的胸部、從背後偷拉我的內衣肩帶、要不然就是給我取一堆無聊的綽號，或者會自以為幽默的說：「徐小雯，妳今天要去打保齡球啊？」、「徐小雯，妳怎麼有三顆頭？」

要與這樣和一般女孩不同的身體共存，太認真就輸了，於是我學會跟這些白目的笑話一起自嘲，因為一旦學會自嘲，那些痛苦的事情將變得不那麼難熬，就好像在麻醉自己，其實那些無聊的捉弄也沒有什麼，不要大驚小怪，因為容易崩潰的人會被討厭，就像沒有人想要跟動不動就哭鼻子告狀的人當好朋友，開不起玩笑的人會被其他人孤立，我寧願死都不想要被同伴孤立。

漸漸的，其他的女孩也開始發育，男孩捉弄的對象不再只限於我一個，其他開始發育的女孩對於穿上內衣感到羞恥的時候，我已經習慣胸前的兩塊肉與內衣共存，男生對於女生的身體也開始從嘲笑變成了好奇，經過我身邊的男生總是回頭多看一眼，包括我喜歡的男生周雲翔。

周雲翔似乎跟其他在青春期前期的臭男生一樣，對女生的胸部感到無比好奇。有好幾次都不經意注意到，周雲翔在盯著我的胸部看，而被我發現對上眼神的時候又害羞的別開了眼，我隱約看見周雲翔雙腿之間隆起了。

雖然老師在講解健康教育的十四章時都是隨隨便便快速地唸過課文，含糊其辭的帶過，也不許學生發問，也不許學生嬉鬧，趕進度似的上完後，我們仍舊一知半解。甚至有的老師在健康教育課本發下來的第一件事情，就是要學生把第十四章摺起來，用膠水黏起來，不許看也不許討論，彷彿我們的身體會長大、會改變的事實是個不可言說的禁忌。

但是大人實在太小看孩子們的求知欲望了，大人們極盡所能地不想要讓孩子明白的事物，就只會越引發孩子的好奇心，會想方設法、找到各種管道理解做愛是怎麼回事。

我很早就在陳志維與那些臭男生們之間互通有無的限制級漫畫，與打滿了馬賽克的A片中，知道老師與大人不願意多談的健康教育第十四章的內容，多少可以明白周雲翔的胯下到底發生了什麼事？

我猜想周雲翔雙腿之間的衝動只是來自對性慾的原始本能，並不是對我這種又醜又胖的女生有好感，勃起就跟吃飯還有排泄一樣，是身體的自然反應。

就像老爸與老媽不是一見鍾情而天雷勾動地火，只是胯下的性器官本能反應的勃起與射精，然後生下了我，只是性衝動後的產物。

但性衝動就跟健康教育第十四章一樣，大人天真的認為不說就不存在，沒有辦法解釋的事情，只要想辦法掩蓋起來就可以了。

2.

人說童年是無憂無慮的，但我才不覺得是這樣咧！

身為一個像我這樣的少女，除了身體的改變帶來的種種困擾要適應，最令人擔憂的就是人際關係上的壓力。

「今天放學後到林郁涵家寫作業喔。」

聽見小圈圈的成員們如此討論，雖然我也很想要去林郁涵家寫功課，也很想知道林郁涵的媽媽今天會準備些什麼讓我們當點心，但不久以前還會聚在一起聊天的同伴們，現在卻沒有一個人主動詢問我要不要跟她們一起去，反而在看見我眼巴巴看著他們討論著下課後的行程，希望她們也會開口邀約我時，露出了神祕兮兮的表情一哄而散。

若人類是群居的生物，那麼少女對群體的依賴程度，簡直就像是吸食了強力膠一樣無法戒斷，下課休息時間，女孩們會手牽手一起上廁所，中午時，女孩總是會聚在一起邊吃午餐邊聊天。少女們就是不喜歡落單，彷彿自己一個人待著，強大的孤寂就像猛獸會吞噬我們一般。

我也不例外，總是喜歡跟人群湊在一起，深怕自己會成為那些遭到冷落的少數。

國小時我跟班上幾個比較要好的同學組成了寫作業的小圈圈，我們會輪流到對方的家裡寫作業。我每天最期待的事情，就是下課後到這些女孩們家中作客。

大家一起寫作業，遇到不會的題目就討論一下，功課一下子就寫完了，寫完作業女孩們就一起玩樂，分享最近看的言情小說或者少女漫畫、聊聊八卦，誰喜歡上了誰？誰又討厭誰？歡樂的時光一下子就過去了。

還有另一個讓我非常喜歡去別人家的理由，就是我非常討厭待在自己的家。我總是心想，為什麼別人家都跟我家不一樣呢？

別人的媽媽總是會待在家裡，別人的爸爸看起來很可靠，別人的家裡都好乾淨，隨時都有一股乾淨清新的氣味，有些人的家中會擺放乾燥花，讓家裡的空氣呼吸起來就充滿幸福的愉悅感，就算裝潢不是很豪華，別人的媽媽也很努力裝飾自己的家，放一些手作的小擺飾，在客廳的桌上放小盆栽或是花，把家裡打掃得一塵不染，布置得溫馨又可愛。

而且同學的媽媽還會請我們吃點心，有時候是自己親手做的布丁，也有時候是她媽媽特地去鎮上的麵包店買來的小蛋糕，讓我每次都很期待去別人家吃點心。

當林郁涵也主動詢問可不可以加入我們的小圈圈，讓我與小圈圈的成員們都受寵若驚。尤其是我。一想到可以到林郁涵的家中作客，就會感到特別興奮。

林郁涵的父親在公家機構任職，國家分配給他們的宿舍外牆是紅白相間的五層樓公寓。我每次站在外頭看著這棟公寓，想到林郁涵就住在裡面總是心生嚮往，希望有一天自己也可以住在裡面。

但是外公總是說，那樣格局的公寓叫做鴿子籠，轉個身就撞到牆壁，隔壁鄰居打個噴嚏房子都會震動，就算給他一百萬他也不要住在那種地方。但我則是在心中嗤之以鼻，心想寧願住在真正的鴿子籠與鴿子同睡，也不想跟外公外婆住在這棟堆滿垃圾的屋子。

我也很喜歡林郁涵的房間，雖然小小的，但是林郁涵的母親很用心的為她布置，乾淨且柔軟的床鋪，棉被上有著陽光曬過的味道，書桌的前方就是窗戶，所以採光很好，抬起頭就可以看見窗外的景色，這是我夢寐以求的房間。

我的房間是用薄薄的木板隔間，沒有對外的窗戶，終年不見天日，空氣中充滿黴菌與垃圾混雜的味道，我每天只能躺在有尿騷味的床墊上，蓋著發霉潮濕的被子睡覺，光想就覺得很噁心。

一想到林郁涵的媽媽居然把家中最好的空間留給了林郁涵，就令人感到無比羨慕，要是我媽絕對不可能會這樣做。

我還記得有一天，家中只剩下一碗泡麵，我的肚子很餓，但是想到還在睡覺的媽媽也一定餓了，所以沒有自己泡來吃，準備等我媽醒來後一起享用。我忍著飢餓等到我媽睡醒，我媽逕自把那碗泡麵泡來吃，居然連一口湯都沒有留給我，把僅剩的那碗泡麵都給吞下肚。

所以當我看見別人的媽媽是如何呵護自己的小孩，甚至愛屋及烏，善待孩子的朋友們，把好吃好喝的拿出來招待女兒的同學們，就令我感到十足的震撼，因為那是我媽絕對不可能做的，我媽只會讓我在同學的面前抬不起頭來。

尤其是林郁涵的媽媽，總是對我們噓寒問暖，林郁涵的媽媽就算在家裡也穿著得體，且小圈圈的夥伴們第一次進入林郁涵的家，林媽媽就記住了我們每個人的名字，可見林媽媽對待自己的女兒有多麼的用心，想讓自己的女兒在同儕中不會失了面子。

每次只要知道今天要去林郁涵家寫功課，我便一早就期待林郁涵的媽媽今天會準備什麼給我們當點心。但如今我卻從那一天就不再跟小圈圈的朋友們一起寫功課了。

還記得那一天，當林郁涵那美麗又優雅，說話總是輕聲細語的媽媽推開林郁涵的房門，手中捧著我最喜歡的瑞士捲。

我特地挑了最大的那一塊，奶油香甜，蛋糕入口即化，我大口吃著瑞士捲，眼睛還巴巴看著盤子裡的最後一塊，沒有注意到林郁涵望著我狼吞虎嚥吃著東西的模樣，說：

「我們每個人的家都去過了？為什麼都沒有去過小雯的家？」

林郁涵的疑問讓我差點就被柔軟香甜的蛋糕嗆死。

「對欸，我好像沒有去過小雯家，妳們呢？」另外一位同學也說，大家也都搖搖頭。

「下次我們也去小雯家裡寫作業，妳們說好不好？」林郁涵說。

我當然是打太極胡混了過去，但是這群女孩們卻當真了，她們就開始起鬨下次也想要到我家裡寫功課。

深怕被同學知道我家到處都堆滿撿來的垃圾，空氣中瀰漫的一股久久不散的惡臭。每次只要有同學說：「妳們有沒有聞到一股很臭的味道？」我就會懷疑那股臭味是從我身上來的。

外公年紀很大又重聽，跟他說話都要用吼的，不知道的人都以為我們在吵架，鄰居多事的大嬸還會告誡我不可以這樣跟長輩說話；外婆智能不足，不管跟外婆說任何事，她就只會傻笑。外婆被外婆的媽媽嫁給大她快要三十歲的外公，然後生下了媽媽；不可靠的媽媽只有又被男人甩掉的時候才會回家；我還住在堆滿垃圾的屋子裡，要是被其他同學發現了，就會被同學看不起。外婆一定拿不出像樣的點心招待她們，不是都已經受潮變軟的旺旺仙貝，就是看起來很窮酸還是用褐色的牛皮紙袋裝的車輪餅，都是一堆上不了檯面的東西，光想就覺得很丟臉。

最讓人頭痛的是，她們一定會問有關於父母的事情，難道我要如實地說爸爸已經跑路了，媽媽在外面跟別的男人同居嗎？

而且女生們都很愛比較，從鉛筆盒到襪子都可以比來比去，表面上一團和氣，卻偷偷在別人的背後說壞話或者排擠別人，嘴巴上說大家都是好朋友，其實都會私下說對方的閒話，不行，絕對不能讓她們到家裡來。

從此之後，每次小圈圈的同伴們說想要轉移陣地到我家寫作業時，我總是找各種理由推託，久而久之，大家就再也不找我一起寫功課了。

雖然不喜歡落單的感覺，但是至少我最不想讓別人知道的祕密也暫時守住了。但自從脫離了小圈圈，放學閒閒沒事做，口袋裡有零用錢的時候就到漫畫出租店看漫畫小說，沒錢的時候就在鎮上閒晃，必定會晃到太陽下山為止才回家，因為我不想回到那個又髒又臭的家。

但最近我發展出新的找樂子方法，就是到車站對面那間什麼都賣的文具店偷東西。

火車站對面的那間店雖然號稱是一間文具店，但是無論是文具、卡片、制服、運動用品、寫真集、言情小說、寫真雜誌到生活用品等……幾乎都有賣，品項雜七雜八，甚至還可以買得到安全褲。

這間店是由一對年約四十多歲的夫妻所經營，老闆與老闆娘時常在吵架，所以他們夫妻倆很少同時待在店裡。

平常都是老闆娘在看店，老闆娘的臉很臭，隨時都露出一臉別人欠她個幾百萬沒有還的表情。只要有人走進店裡，她就會像是聞到血腥味的鯊魚一樣上前追問要找什麼？需不需要幫忙介紹？然後亦步亦趨的跟在後面，讓人根本無法放鬆心情慢慢挑選。

我猜老闆娘一定知道像我這樣的國中生口袋裡一定沒有什麼錢，只是進來隨便看看殺時間的，就會一副不買就快點滾蛋的臭臉，彷彿在說不要妨礙她做生意，讓人覺得壓力很大，所以我只挑選老闆單獨顧店的時候來光顧。

記得第一次偷東西的時候，就是在第一次裝病回絕小圈圈的同伴們到我家寫功課的要求，大家開開心心的轉移陣地到其他夥伴家寫功課，我不想回家也無處可去，只好到這間什麼都賣的文具店裡閒晃。

還記得當天老闆與老闆娘不知道為了什麼事情在櫃檯前吵架，而且越吵越大聲，所有原本在店裡購物的顧客都紛紛離開，當我回過神時，人已經站在文具店的外面，手裡已經拿著那支粉紅色的自動鉛筆。

我真的不是有意想要偷竊店裡的東西，只是這個時候再回頭告訴老闆自己忘記結帳就走出店外一定不會有人相信，於是帶著愧疚的心情把自動鉛筆收進書包裡。

但凡事有一就有二，我又陸陸續續做了第二次、第三次，有別於第一次的緊張與愧疚感，這樣新的技能越來越得心應手。

但我偷的也都不是什麼值錢的東西，不過就是一顆五塊錢的橡皮擦或是一支七塊錢的原子筆，趁著沒人注意，塞進書包或著外套裡，離開文具店時務必神態自若，不要一副作賊心虛的表情，從容地通過櫃檯前然後離開，走出文具店以後，在巷子口的雜貨店買一支冰棒，為自己神不知鬼不覺的偷竊技巧沾沾自喜。

彷彿只有在偷東西的時候，內心的不平衡感才能得到稍稍慰藉，讓我稍微感覺到，雖然世界有多麼的不公平，每個人都在不同的起跑點上，但總有一兩樣東西是落後別人許多的我可以親手取得的，不再只是聽天由命，讓老天塞給我一堆不想要的東西。

回到家，我把從文具店裡偷到的戰利品丟進抽屜裡。那些偷來的東西我不曾拿來用過，甚至連多看一眼都不會，就任由它們靜靜地躺在抽屜裡。

但偷東西的興奮感很快就因為現實的殘酷而退卻。

我環顧四周，家裡到處都堆滿垃圾，全部都是外公外婆四處拾荒撿來的東西，從我的書桌到床墊，甚至是內衣與制服，全都是外公外婆撿回來的。

那個散發著臭味的床墊，雖然外公外婆已經努力的清潔乾淨，洗刷了三次，又在陽光底下曝曬了好幾天，還是有一股難以消除的臭味。

為此我跟外公外婆鬧了很久的憋扭，在討價還價之後，外婆才勉強買給我美少女戰士的床罩組，沾沾自喜沒多久，就發現那根本是菜市場裡一組四百九粗製濫造的劣質品，才下水一次就嚴重褪色，這樣的東西我才不敢讓小圈圈的那群女孩們知道，要是她們看見一定會偷偷在背後說我的壞話。

每晚躺在那張床墊上，還是會隱隱約約聞到一股淡淡的尿騷味，不禁猜想這張床墊之前的主人到底是誰？我究竟每晚都躺在誰的尿漬上，就有一股噁心從胃袋裡湧出。

真是噁心，這個家裡的所有東西都好噁心，外公外婆也好噁心，讓我也不禁懷疑，被這種父母生下的自己是否也很噁心？我像狗一樣嗅了嗅自己身上的氣味，會不會也被這個骯髒的家沾染上難聞的味道？還是自己已經在這個地方待得太久，都沒有注意到自己的身體也在發臭了？還是我身上有著這些骯髒下等人的基因，所以也注定要當骯髒下等人？

常常聽老師說若是想要逆轉人生，就要考上好的高中再考上好的大學，但是好的高中與好的大學都不在這個雞不拉屎鳥不生蛋的小鎮裡，聽說林郁涵的父親準備等到她唸高中時就要請調到外地，為的就是給她更好的教育，孟母三遷不就是這麼回事嗎？父母永遠要為子女的前程做打算才算得上是好父母。

我也好想要跟她一樣離開這個鬼地方，但我總覺得，出生在這樣的家庭，人生起跑點早就輸給別人一大截，我注定就要跟爸爸媽媽還有外公外婆一樣成為失敗者。

據說十六歲年少懵懂的老爸，就跟當年只有十四歲的媽媽勾搭上了，因為懷上了我這個意外，所以還未成年就草草結婚。

這對太過年輕的小夫妻，婚後每天都在吵架，小爸爸年紀太小又沒有學歷，找不到什麼像樣的工作，但是人的出生低賤並不要緊，最重要的是要有一顆願意努力學習的心，但糟糕的是爸爸的態度也是三天曬網兩天捕魚，被同事老闆說兩句就翻臉，不高興就辭職不幹。

老爸生活過得不如意就喝酒，喝完酒就對著妻小發洩生命中的不順遂。爸爸老是在喝醉後藉著酒膽指著老媽的臉說：

「妳這個破麻，是不是被別人搞大的肚子才賴給拎北？不然怎麼可能上了一次就有了？」

當然老媽也不是省油的燈，一邊哭爹喊娘強調自己遇人不淑，一邊指著老爸的鼻子大罵：「你這個沒三小路用的男人，居然懷疑起老娘，老娘被你睡去的時候還是個處女呢。你以為你是有錢還是大懶覺老娘才死心踢地跟著你啊，拎祖嬤是上輩子殺了你全家還有看門的那條狗，這輩子才會倒楣生下你的種，還要被你這般糟蹋。」說著就抓起酒瓶往老爸的身上扔，直到家裡變成一片廢墟才罷休。

夫妻之間吵架最後無辜受牽連的卻是我，因為我就是老媽口中倒了八輩子楣生下的種。雖然我也非常希望自己的親生父親不是這種沒用的男人，但是基因遺傳是件不容質疑的鐵則，我與老爸簡直就是一個模子印出來的，而且年紀越大越像，每次照鏡子的時候都以為自己看見了老爸，想賴都賴不掉。

這悲哀的事實也讓我沮喪了很久，我真的是這個精蟲衝腦笨蛋的基因繼承者，不是老媽被稍微像樣一點的男人藍田種玉而生下的孩子，老爸那沒用的精子居然找到了老媽那個失敗的卵子，然後就生下了宛如瑕疵品的我。

且古今中外的電影與作品老是在歌頌愛情是永恆的、偉大的，那麼老媽的愛情觀鐵定是活生生的負面教材，否則為何老爸不知做了什麼事情突然人間蒸發。

獨守空閨、寂寞難耐的年輕母親在父親消失不到三個月就跟別的男人勾搭上了，跟外面的野男人同居，才沒多久又給我生了個弟弟或妹妹。

但老媽再笨、再愚蠢，吃了幾次虧也是會有學聰明的一天，老媽在那次太早催熟的失敗婚姻中記取了教訓，決定不把孩子帶在身邊撫養，而是用二十萬的代價把孩子賣給生不出孩子的夫妻，然後跟男友用這筆錢吃喝玩樂……逍遙了好一陣子，然後又跟男人分手，迅速地又勾搭上其他男人，又生了孩子，賣孩子，分手、交往、生孩子……彷彿像個無限循環的迴圈，讓老媽光是跟男人糾纏就自顧不暇了，根本就分身乏術來養育我，所以我被老媽丟回娘家給外公外婆照顧。

親戚鄰居看著外公外婆辛苦的拉拔我長大，都會對我說：

「小雯啊，你要好好孝順外公外婆，是他們兩老每天早出晚歸撿著破爛，一角兩角的攢起來才把妳養大的，妳要好好念書，千萬不要像妳媽媽一樣，老是惹麻煩給妳外公外婆收拾。長大當一個有用的人，賺很多錢，回報妳的外公外婆，知道嗎？」

每次聽見這些話，都會有一股莫名的怒氣從下腹湧上。

成為這種不負責任父母的小孩是我願意的嗎？我才是最倒楣的受害者吧？他們那水性楊花又不負責任的女兒除了腦袋沒有跟著性器官一起成熟，眼光還很有問題，什麼男人不招惹，偏偏看上老爸這種頭腦簡單、四肢發達的男人，還像隻兔子一樣除了吃喝拉撒睡就只會打炮。老媽生育力又超級強，居然隨隨便便就懷上了我，然後跟老爸吵架的時候就會一邊哭一邊指著我的鼻子說，自己怎麼會這麼命苦？攤上這樣沒用的男人，還生下了我。

被老爸老媽冠上讓他們的命運不順遂最大主因的我才想抱怨，老爸幹啥不把我射在牆壁上？老媽為什麼要把我生下？又為什麼不像賣掉弟弟一樣的把我賣了？說不定可以賣進富裕的家庭，當個千金大小姐，就不用在這個又髒又臭的家生活。

而且聽老爸在酒醉後說，他只是一時慾望難耐，跟老媽在土地公廟後面那又髒又臭的廁所裡做過了一次，三個月以後老媽就說她有了。

別的同學都說自己是蜜月寶寶，不是made in Japan就是made in USA，一想到自己居然是在充滿阿摩尼亞氣味的公廁裡製造出來的產物，根本沒法子拿父母的戀愛故事出來說嘴，就令人感到洩氣。

被這種父母生下又不是自己選擇的，且要不是外公外婆養出母親這種對社會沒有任何貢獻、滿腦子只想做愛的人，還會被迫在這間堆滿垃圾的房子裡生活嗎？

最令人感到喪氣的是，我還繼承了媽媽的易胖體質，就算只喝水也不停地發胖，周雲翔永遠都不會用正眼看我，我這輩子都不可能讓我喜歡的男生喜歡上我。當然我也不想這麼怨天尤人，試圖找到突破基因桎梏的方式，什麼蘋果減肥還是斷食減肥都嘗試過了，不但連一公斤都沒有瘦下，反而在過度地節食之後，因為受不了挨餓又吃下更多東西變得比減肥以前更重，肥肉就像是寄生蟲一樣一圈一圈的寄生在我的肚皮與大腿上，怎麼甩都甩不掉。

於是我放棄減肥，一有壓力就想拿起食物往嘴巴塞，在十四歲的此時，體重已經接近七十公斤，身高卻在初經來臨時的國小四年級就連一公分都沒有增長，一直停留在一百四十八公分。每次走路的時候，雙腿之間的贅肉相互摩擦都會感到疼痛，雙腿之間的色素沉澱就像在提醒我是一個集結所有糟糕基因的失敗作品。

我是個不被造物者祝福的孩子，為什麼要誕生？又為什麼要出生在這個家？若是可以選擇，我才不要被這種女人生下，成為這種女人的孩子呢！

3.

十四歲這年，我們終於迎來國中最後一個暑假，但正值荳蔻年華的我依舊沒有減肥成功，也沒有男生喜歡又黑又胖又滿臉痘痘的我，還要面對人生中第一場戰役——高中聯考，由於壓力太大，我每天都在暴飲暴食，短短一個學期就胖了五公斤。

學校與憂心忡忡的家長們、以為我們在學校裡多待兩個月就可以考上第一志願，暑假已然成為被沒收的存在，從結業式的隔天開始，我們這群準考生還是要照常到學校報到。

學校似乎也對剝奪了學生愉快的暑假感到愧疚，所以學生可以不用一定要穿制服上學，可以自由選擇穿自己想穿的衣服到校，髮禁也稍稍放寬了，只要不標新立異在頭上作怪，把頭髮染成亂七八糟的顏色，這兩個月期間不用再拘泥於耳下三公分，在這被偷走的暑假裡，讓學生擁有裝扮自己的小小福利。

但對於身材肥短的我來說，不用穿制服上課根本就是一種凌遲，我寧願學校規定大家都只能穿著一樣的衣服走進校園，也不希望大家都可以穿上自己喜歡的便服爭奇鬥豔，露出自己最好的姿態，因為無論穿什麼都不會好看的我永遠是矮人一截，就讓人感到格外生無可戀，反正我能穿的永遠都是外婆撿回來的舊衣服，與其跟別人比較然後慘輸，還不如穿制服上學。

所以我還是每天都穿制服到校，但似乎不只有我堅持每天穿制服，林郁涵也是這樣。但是林郁涵妝點自己的重點不像其他女孩們放在衣服上，而是頭髮上。

「哇，這個好可愛喔。」

女孩們的驚嘆聲也引起了我的注意，讓埋首於吃著香甜布丁的我抬起了頭，望著那群像麻雀一樣嘰嘰喳喳圍繞著林郁涵的女孩子們。

「這是在哪裡買的啊？」

林郁涵摸了摸夾在烏黑頭髮上那一只銀色的髮飾，露出溫婉的微笑，說：「這是在火車站對面那間文具店買的。」

其實今天早上林郁涵走進教室時，我就注意到林郁涵頭上那支小髮夾跟昨天的不一樣，到了第二堂課下課，全班都發現了這件事。

一開始並不覺得那支髮夾有多好看，就算放在一大堆的髮飾裡面，我也不見得會把它拿起來多看一眼，但在那群女孩用高八度的聲音吹捧著林郁涵頭上的小髮夾有多好看的時候，我突然也覺得那支有著一輪月牙的髮夾好像有點可愛。

「多少錢啊？」

「我也不知道，是媽媽買給我的。」林郁涵就連聳肩的姿勢都看起來特別優雅，又低下頭看書。

上課的鐘聲響起，包圍著林郁涵的女孩們回到自己的座位，我則忙著把剩下四分之一的布丁用透明的塑膠湯匙快速攪爛，混著底下那層甜膩中帶著些許苦味的焦糖一同喝下，把吃完的布丁盒子扔進堆滿雜物與垃圾的抽屜裡。

接下來一整天，我的目光都無法從林郁涵頭上那彎月牙中移開，老師講解著課文內容時，望著林郁涵的側臉，欣賞著她臉部蜿蜒的輪廓，那個髮夾就夾在耳上三公分處，夾著林郁涵漆黑的頭髮，宛如高掛在夜空中的新月，我偷偷地在書本一角，畫上一個又一個新月。

也許不是因為那個髮夾有什麼特別之處，而是它戴在林郁涵的頭上所以顯得特別。

自從林郁涵在國小五年級下學期搬到這個小鎮上，我跟其他所有人的目光都無法從她這樣耀眼的女孩身上移開，成為男生仰慕，女生爭相模仿的對象。只要林郁涵有的東西，大家都會搶著購買，當所有女生忙著訂做制服，在千篇一律的制服上作怪，把AB褲改成小直筒、百褶裙的長度折到都快要露出屁股的時候，林郁涵依舊規規矩矩地讓裙襬剛剛好在膝蓋上的三公分，不爭奇鬥豔，兩條筆直的雙腿就從深藍色的百褶裙下露出，反而顯得林郁涵的清新脫俗，爾後大家不再忙著在裙子的長度上做文章，林郁涵簡直就是女孩們的典範，任何事物放在林郁涵的身上都是合理且完美，不需要任何的矯飾，就完全找不到任何一絲瑕疵。

林郁涵戴著髮夾到學校的第二天，已經有好幾個女孩的頭上夾著一彎新月的髮夾，第三天新月髮夾已經出現在全班超過一半以上的女孩頭髮上。

我偷偷在心裡訕笑，那些女孩們根本只是東施效顰，掛在林郁涵頭上的不管是香蕉還是月亮，都會有一種獨特的美感，但是夾在一般女孩的頭上就只是普通又廉價的髮飾，而且當一堆人都爭先恐後地模仿，全部都像是一個模子印出來的時候，就會讓人感到很白癡。

到了第五天，幾乎全班女生人人一支新月髮夾，雖然覺得一味模仿林郁涵是一種很蠢的行為，但還是拜託外婆買給我。

「是銀色的髮夾喔，上面有一個月亮。」

我慎重其事地告訴只會咿咿啊啊傻笑的外婆，甚至還畫了一張圖給外婆看，要外婆千萬不要買錯了。

好啦，我是有一點點矛盾，一方面對其他女孩總是在複製著林郁涵的一舉一動嗤之以鼻，一方面自己也凝視著林郁涵的一顰一笑而生存著。所以林郁涵喜歡的東西我也會莫名的喜歡，林郁涵擁有的東西我也會想要擁有。

隔天外婆興高采烈地買了一堆髮飾放在書桌上，一臉邀功的表情要我試戴看看，但全都是一堆又醜又俗氣的髮飾，一看就知道是菜市場買回來三個二十塊錢的便宜貨，沒有一個是讓人可以看得上眼的。

我意興闌珊地挑著那堆醜得要命的髮飾皺眉頭，外婆又黑又粗的手拿起了一支有著兔子圖案的髮夾夾在我的瀏海上，我生氣地撥開外婆那雙專門用來撿垃圾，總是看起來髒髒臭臭的手。

「走開啦！」

真是越看越生氣，我只不過想要一支跟林郁涵一樣的髮夾，為什麼外婆連這麼簡單的事情都做不好？把那堆看了就礙眼的爛東西掃進垃圾桶，無視外婆受傷的表情，把外婆趕出房間。

但還是好想要那個髮飾喔，班上已經有很多女生看到林郁涵頭上戴那個髮夾，結果全都跑去買了，自己就快要成為那些跟不上流行的少數，於是星期天的上午，我拿著尺偷偷挖了放在電視櫃上的豬公存錢筒，但又害怕被外公發現所以不能拿太多。

帶著從豬公裡掏出的零錢，來到車站前那一間文具店。在店外頭閒晃兩圈，看看今天顧店的人是誰？如果是老闆娘看店就不要進去逛，但是今天的運氣還不錯，看店的人是老闆。

老闆是個看起來有一點邋遢的中年男子，濃密的頭髮總是亂七八糟，身上有一股說不出來的味道，總之不是臭味但也絕對稱不上是好聞的氣味。

他老是穿著領口都鬆掉的衣服，還有鞋面都快要跟鞋底分開的拖鞋，坐在櫃檯後方挖著鼻孔，還會把鼻屎黏在櫃檯下面。做生意的方式也跟他的人一樣很隨便，就算有人走進店裡，他通常連抬頭看一眼都不會，也時常一問三不知，只是低著頭看雜誌或者漫畫。

經過櫃檯的時候偷瞄了一眼老闆正在看的雜誌，裡頭全都是衣不蔽體的寫真女郎。我也在同學家偷看過類似的雜誌，同學喜孜孜地拿出他爸爸的收藏分享給我們看，內容都是一堆年輕的女生脫光了或是穿著暴露搔首弄姿，或對著鏡頭做出一些迷茫的表情，偶爾還會有一些文字，但是通常那些文字都不會有人認真看，大家忙著意淫那些女生的裸體都沒時間了，誰還有閒情逸致去欣賞那些字到底是什麼內容啊。

很好，老闆現在全副的注意力都在比基尼女郎身上，就不會一直盯著我，這樣就可以慢慢看、慢慢逛了。

我逛了一圈，果然在展示髮飾的區域看見跟林郁涵一模一樣的新月髮夾。開心地想要拿到櫃檯結帳，翻到背後卻發現價格比從豬公裡挖出的零錢還要多了五塊錢。

我失望地放下手中的髮夾，心想自己是跟這個可愛的髮夾無緣了，但是我又好想跟林郁涵還有其他女生戴一樣的髮夾喔，而且那個髮夾也躺在鋪著絨毛的展示區，簡直就是招喚著我把它帶回家。

我回過頭，發現老闆的雙眼還在緊盯著雜誌，根本就沒有注意到我。就算少了一個髮夾，這間店也不至於倒閉吧？反正我已經偷過這麼多次，這間店還是在這裡經營著，所以也不差這一次吧？

我如此說服著自己，偷偷把髮夾放進口袋裡，突然有一個聲音從頭頂上傳來。

「妳在做什麼？」

我感覺身後的人貼得好近好近，就好像隨時都可以掐住我的脖子，甚至可以聞到對方身上傳來的那股味道。我宛如驚弓之鳥，連動都不敢動。

「把口袋裡的東西拿出來。」

我控制不了自己的身體，全身都在發抖。老闆抓住了我的手腕，把我偷偷塞進口袋裡的髮夾拿了出來。

「妳是哪一間學校？哪一個班級的？我要打電話去妳們學校，怎麼教學生的？居然教出了手腳不乾淨的孩子。」

一意識到自己偷東西的事情會傳到學校，林郁涵還有那些女生們會用什麼樣的眼光看我？會不會在背後偷偷議論我？會不會討厭我？會不會排擠我？那群臭男生會怎麼說我？周雲翔又會怎麼看我？光是想像就嚇得我六神無主，連眼淚都掉了下來，只差沒有跪在地上向老闆求饒。

「對不起，下次不敢了，請原諒我。」我用顫抖的聲音說。

「下次？還有下次？妳現在偷拿髮夾，以後長大了還不知道會偷什麼。不能現在就姑息妳，我要報警，妳跟我進來。」

老闆拽著我的手走進櫃檯旁黑色布簾後的儲藏室，抓起電話正要開始撥打，我慌張地拔腿就跑，老闆撇下電話，從背後抱住了我。

我用力地扭動身體，但是一個成年男性的力氣實在太大，就算使盡全力也無法掙脫。

我突然感覺到，在身後抱住我的男性摩擦著我的大腿根部，從頸後傳來的呼吸變得粗重，甚至在我的耳邊變成了喘息。我感覺到老闆把手伸向了我的胸部，粗魯地揉捏著我的乳房，另一手伸進我的短褲裡。

4.

在一陣驚恐之中，我已完全拼湊不出那短短的幾分鐘之內發生了什麼事，有時覺得那是不是一場夢？還是只是我太過恐慌而產生幻想，但文具店老闆壓在我身上時，那股撲鼻的氣味卻不是假的。

我只記得當我走出櫃檯旁邊的儲藏室之前，老闆把那支髮夾塞進我發汗的手心裡，還從口袋掏了兩百塊錢，用顫抖的手遞給我。

「拿去。」

我慌張將凌亂的衣服拉整齊，傻呼呼地看著那兩百塊錢，又抬頭望著老闆比我還要慌張的臉。老闆將兩百塊塞進我的手心裡，以一臉快要哭出來的歉疚表情，「碰」的一聲，兩個膝蓋就跪在冷硬的地板上。

．就在我出神地想老闆的膝蓋就算沒有爛掉也一定會瘀青好幾天時，老闆突然哭得一把鼻涕一把眼淚，說：

「對不起，我真的不是故意的，拜託剛才的事情不要告訴任何人，要不然我就死定了。我一定會被抓去坐牢，老婆也一定會帶著孩子離開我，我的人生就完蛋了。」

看著聲淚俱下求饒的老闆覺得好像很可憐，整理好衣服抓著髮夾與兩百塊錢就走了，況且我也搞不清楚剛剛到底發生了什麼事情，也不知道要怎麼向大人形容這難以啟齒的事。

會不會告訴大人以後反而被外公毒打一頓？就像小時候，有一次我跟朋友們跑去池塘玩，差一點就淹死，外公不是先安慰受到驚嚇的我，而是把我的衣服都脫了，要我跪在家門口，一邊拿水潑我，一邊用水管抽我，就像是要打給街坊鄰居看一般，徹底的羞辱我、打擊著我的自尊心，還用充滿鄉音的腔調對我說：「妳這個野皮肉，再去玩水啊，淹死妳算了、淹死妳算了。」

我一邊哭一邊發抖，不懂自己都差點淹死了，外公為何還忍心這樣對我？

從此我便對水感到恐懼，到了國中都還學不會游泳，但不是因為溺水，而是因為受了創傷的孩子不會得到大人的安慰，反而會受到更嚴厲的懲罰，好推卸這都不是便宜行事的他們教導無方。

反正剛剛老闆對我做的事情也只感覺有一點點的不舒服，而且我還免費拿到夢寐以求的髮夾以及兩百塊錢。

我抓著髮夾還有老闆給的兩百塊錢在小鎮上漫無目的地走著，到現在都還搞不清楚剛剛在那個漆黑狹小的儲藏室裡發生了什麼事，直到看見雜貨店，突然覺得有點渴也有點餓，拿著老闆剛剛給的兩百塊錢買了一瓶草莓口味的蜜豆奶與波蘿麵包，坐在雜貨店外面的板凳上吃飽喝足。

回到家洗完澡，趕緊把頭髮吹乾，迫不及待把那支髮夾從口袋裡掏出來，夾在自己翹得亂七八糟的瀏海上。

可是看著鏡中的自己卻發現這支髮夾跟自己完全不相配。戴在林郁涵的頭上就有一股清麗脫俗的氣質，而戴在自己的頭上只有東施效顰的滑稽感。

我鼓勵自己，對著鏡中的倒影喊話，一定是還沒有看順眼，只要戴久了就會習慣了，戴上跟林郁涵一樣的髮飾，總有一天會變得跟她一樣漂亮、受歡迎。

於是隔天早上我比平常還要早起，花了很多時間才把自然捲的頭髮稍微梳順，把新月髮夾夾上，開開心心地去上課。但那一天林郁涵卻沒有戴那個髮夾上學，而是換了一個新髮夾，其他女生又一臉羨慕的表情將林郁涵團團包圍，問她的髮夾到底是在哪裡買的？幾天之後新月髮夾退燒，其他女生也不再戴那個新月髮夾，而是從善如流跟著林郁涵換上了新的髮夾，是那天外婆買給我的那支醜得要命的兔子髮夾，現在居然在林郁涵的頭上曖曖內含光。

回到家，我懊惱地把那支林郁涵再也不會配戴的髮夾丟進垃圾桶，悶在自己的房間裡，外婆看我一臉氣呼呼的，拿著零食站在門外敲著我的房門。

「走開啦，我不要吃。」

都怪外婆，為什麼這麼笨？要她買個髮夾居然還可以買錯，讓我沒有機會跟林郁涵還有其他人戴著一模一樣的髮夾坐在教室裡，等到大家都已經覺得那個髮夾不再新奇特別的時候，自己則像是最後一個追趕不上流行的笨蛋。而且為了得到那支髮夾，還差點就被抓進警察局，還讓老闆摸我的胸部，以及把手伸進我的短褲裡亂摸了一通，還做了一些讓我覺得很不舒服的事情，一想到就讓人感到氣惱，一拳又一拳捶在枕頭上發洩內心的不平。

都是因為母親不負責任，把我丟給了外公外婆。外公又不會教孩子，發生任何事情除了先打一頓以外就什麼都不會，讓我在外頭受了委屈也寧願自己吞下，不想告訴任何人。

我為什麼要出生在這個家庭，被這種母親生下？真不想待在這個家，好想逃離這裡，等我長大了，一定要脫離這個鬼地方！

5.

雖然很討厭暑期輔導，討厭老師用聯考來定義我們的人生，但是難得的假日還是不想待在那個又髒又臭又炎熱的家，跟外婆大眼瞪小眼，聽著正在看京劇的外公把電視的音量開到最大。

外公一坐在電視機前就開始睡覺，打鼾根本比打雷還要大聲，簡直都快要把屋頂給掀了，而且又不准人家轉台，我實在不想跟這樣的家人待在一個屋簷下度過整個假日。

於是我偷偷從外公的口袋裡拿了兩百塊鈔票與一些零錢，搭電車到其他小鎮走走，打算在常去的漫畫出租店待上一整天。

距離這個雞不拉屎、鳥不生蛋的小地方最近、稍微熱鬧一點的城鎮，搭電車大概要二十分鐘，在這種鄉下地方幾乎沒有人乖乖買票，剪票口也永遠沒有站務人員看著，我一如往常連票都沒有買就溜進了月台，出收票閘口的時候就要跟在人群之間盡速通過，就不會被抓包。這個小小的車站，要到對面的月台就必須趁著沒有列車經過時，快速穿越鐵軌，再爬上月台，正當我穿越鐵軌時，在北上的月台看見了林郁涵。

林郁涵穿著白色的襯衫與格子短裙，露出一雙筆直的雙腿，連身為女生的我都忍不住多看了一眼，更何況是男生。

林郁涵沒有注意到我，因為林郁涵在等車的那十幾分鐘之間，不時低頭看著手腕上的錶，以及張望著電車到底什麼時候會到站。

而我也刻意與林郁涵保持距離，要是今天我們兩人身上穿的都是制服，或許還會考慮上前去跟林郁涵打聲招呼，偏偏今天身上穿的是外婆不知道從哪裡撿來的舊洋裝，洋裝上的扣子是外婆自己縫上去的，每一顆都還是不一樣的顏色跟形狀，是從其它更舊、更不堪使用的衣服上剪下來的。

我又胖又醜而且還穿著俗氣洋裝，才不想站在氣質清新的林郁涵旁邊，形成強烈對比，所以我也不希望林郁涵在這個時候發現我，而且據說林郁涵最近也脫離了小圈圈，放學後沒有再跟大家一起念書，聽說是林郁涵的爸媽為她請了家教，看來林郁涵的媽媽是真的為了她的前程卯足全力，不像我媽到現在都還只顧著跟男人鬼混。

雖然打死都不願意在現在這一刻跟林郁涵相認，但眼光還是時不時就飄向林郁涵，為什麼林郁涵身上就是有一股讓人無法忽視的氣質呢？如果林郁涵是天上的星星，那我大概就是地上的那坨狗大便，人的起跑點定義了人生，人人生而平等這句話簡直就是狗屁嘛。

電車來了，上一站之前的乘客已經將車廂擠得六分滿，但車廂裡還是有些空間，我用臃腫的身體頂開老是喜歡站在門邊、阻礙別人進出的那些自私鬼，才有辦法擠到車廂的中心。過了一站以後出現空位，我順勢坐下，發現林郁涵也在同一個車廂內，默默地站在車廂的另一個角落背對著我，纖細的手拉著把手，一雙筆直的腿搖搖晃晃的。

坐在她對面穿著私立高中制服的男生，在黑框眼鏡下的眼睛不時飄向林郁涵那雙漂亮的長腿，從她的大腿根部到腳趾頭反反覆覆欣賞著，露出猥褻的表情。

膚淺的傢伙。

我在心裡咆哮著，為什麼男生總是會喜歡林郁涵？就因為林郁涵長得漂亮，有一雙筆直的美腿，所以大家都喜歡她嗎？但最令人感到不爽的是，就算自己瞧不起總是圍繞著林郁涵打轉的那些人，但也無法不注視著林郁涵的一舉一動。

我與林郁涵在同一站下車，林郁涵快步地走出火車站。

我本應該要往另一個方向走，但不自覺跟在林郁涵背後，看見林郁涵走向火車站附近的泡沫紅茶店，已經有一個穿著著白上衣與牛仔褲的男生坐在露天咖啡座抽著菸。

林郁涵一臉歉意的走向那個男生，那個男生則熄掉手中的菸站起身。

那個男生看起來明顯比她還要成熟許多，應該已經上了高中，甚至再更大一點都有可能。

男生主動牽起林郁涵的手，林郁涵的臉上露出害羞的神色，兩人走向附近的二輪電影院。

其實我根本不喜歡看電影，尤其是在二輪電影院，因為電影院裡總是可以遇到一些奇奇怪怪的事情，不是遇到坐在隔壁用猥瑣的神情看著我一邊自瀆的怪老伯，就是遊民佔據著一整排椅子睡覺，還有一陣腳臭與食物的氣味混雜在一塊。但是見到林郁涵跟這個男生一起走進去，就不自覺掏出錢買了一張票。

林郁涵與那個男生坐在靠牆邊的座位，所以我也默默地跟上，故意在相隔兩排的位置坐在林郁涵的背後。

在唱國歌之前，跟林郁涵在一起的男生就在電影廳後方的小雜貨鋪買了零食與飲料，看得我嘴饞，原本也想要去買點東西吃，但是又怕太輕舉妄動會被林郁涵發現，只好乖乖待在座位上。

唱完國歌後，林郁涵依偎在那個男生的肩膀上，一邊喝可樂一邊看電影，不到十分鐘，前方出現輕微的騷動。

「不要啦。」林郁涵嬌嗔著。

男生低聲地說。「就一下下嘛，又沒有關係。」

「有很多人。」

「這麼暗，沒有人看得到啦。」

「可是……」

「就一下子，拜託啦。」男生用可憐兮兮的聲音哀求著。

只見林郁涵趴伏了上半身，我聽見拉鍊被拉開的聲音，隨後又聽見奇怪的聲響，拉長脖子想要看到底前兩排座位發生了什麼事？林郁涵到底在前面做什麼，只見男生仰起了頭，呼吸越來越粗重狂躁，林郁涵突然掙脫了男生壓在她脖子上的手起身，抹著嘴角，整理著亂掉的頭髮。

「不要每次在這裡都要這樣，很討厭欸。」

「可是妳又不跟我做，妳要我怎麼樣嘛？」男生的語氣之中似乎有些抱怨。「再這樣我只好去找別的女生了。」

「……可是聽說會很痛。」

「不會啦。」

「那好吧……。」

聽見林郁涵無奈地允諾，男生拉起林郁涵的手走向電影螢幕後方的廁所，我也趕緊跟了上去，發現他們進入了男廁。

我聽過一個不知道哪裡來的都市傳說，在電影沒有結束以前絕對不可以到廁所去，因為心肌梗塞而死在電影院中的放映師會出現在廁所裡，一臉鐵青地質問，為什麼沒有認真地把電影看完？

雖然很想吐槽難道電影放映師是高風險職業，否則怎麼可能每個電影院都會有放映師死在裡頭？但是大家都寧可信其有，所以除非快要拉在褲子上，是絕對不會在電影結束前去上廁所。

也許是認為不會有人在這時候闖進來，也有可能是那個男生已經精蟲衝腦所以忘記把門上鎖，我推開了一個小小的縫，從門縫中看見男生把林郁涵按倒在洗手槽的鏡子前，把手伸進林郁涵的裙襬裡。把她純白鑲著蕾絲花邊的內褲拉到膝蓋的部位，急急忙忙解開了拉鍊，粗魯地擺動著腰。

林郁涵一手抓著洗手槽的邊緣，一手撐在鏡子上，不停地在發抖。

我從鏡子的反射中，看見那張漂亮的臉不知是因為疼痛還是恐懼而扭曲了，林郁涵像貝殼一般的牙齒就快要把嘴唇咬破，發出了細碎的呻吟，聽不出任何愉悅感，反倒激起了男生的獸性。

像是機械式的擺動在幾分鐘後越來越激烈，男生發出一聲滿足的嘆息，顫抖了一下便停止所有的動作，默默地從林郁涵的身後退出，背後靠著牆壁站著。臉上掛著一種得到了某種東西的喜悅，從口袋裡掏出紅色菸盒，從菸盒裡取出一支菸，叼在嘴唇上後點燃，拉起拉鍊。

林郁涵低著頭，有些凌亂的頭髮遮住了她的臉蛋，所以我看不見林郁涵現在的表情。

林郁涵不知怎麼的突然一陣腿軟，膝蓋一彎差點就跪在廁所又髒又臭的地板。男生見狀立刻將林郁涵如柳葉一般的身體撈起，卻發現她在哭。

「幹嘛哭啦？」

男生皺起了眉頭，顯然是覺得剛剛發洩完卻看見一個女生哭哭啼啼很掃興。

林郁涵一下搖頭，一下點頭，哭得很是傷心。

這是我第一次見到宛如仙女下凡的林郁涵如此難看的模樣，眼淚、鼻涕、唾液、頭髮都糊在她的臉上。

男生抹去林郁涵臉上的眼淚與鼻涕，替她整理了一下亂了的瀏海，捧著她的臉，還在嘻皮笑臉著。

「很痛嗎？」

「痛，很痛……。」林郁涵委屈的吸了吸鼻子。

男生把菸的濾嘴湊向林郁涵那被自己的門牙折磨得通紅的嘴唇。「來，吸一口，吸一口就不痛了。」

林郁涵抗拒地搖搖頭，男生不顧林郁涵的反對，自行吸了一口菸，湊近林郁涵的嘴巴，把菸吐進她的口中。林郁涵被煙味嗆得一直咳嗽。

「咳、咳、咳……。」

在她的額頭上烙下一個吻。

「沒事了，做愛就像抽菸一樣，第一次不習慣，第二次以後妳就會上癮。」

6.

目擊著這令人震撼的畫面，都忘記自己是怎麼走回火車站，搭上回家的電車，我的腦袋不斷地想起林郁涵站在鏡子前全身發抖，被那個男生入侵的那一幕，內心激動的情緒久久不能平復，就連躺在充滿惡臭的床墊上都還會夢見林郁涵因為哭泣而扭曲的臉。

過了一天一夜，我稍微才意識到二輪電影院的廁所裡到底發生了什麼事，似乎跟文具店老闆對我做的事情有點相似，令我驚愕不已，彷彿林郁涵已經不再是從前的林郁涵，就像那天從文具店的倉庫裡走出來的自己已不再是從前的自己。

我突然想起國小五年級時，那個年輕的女老師一邊紅著臉一邊上課的健康教育課，不斷強調女孩要珍惜自己的身體，要保護好自己的貞操，要把自己的初夜留給未來的另一半，而我與林郁涵都已經違背當年老師一而再，再而三囑咐的話，弄丟了自己的貞操，我倆同時犯下了不可饒恕的罪過。

不，不一樣，林郁涵是自願的，在那間又髒又臭的廁所裡，半推半就之後就跟那個男生發生關係的，而我則是被強迫的，因為若是反抗，說不定就會因為偷髮夾被警察抓走，外公一定還會揍我一頓，說我學壞了不知檢點，我與母親跟林郁涵這種會和男生在廁所裡搞七捻三的女生才不一樣。

從那一天起，在我的眼中，林郁涵已經不只是那個有著一雙長腿、飄逸長髮，帶著仙女下凡般的氣質，時時刻刻都吸引別人目光的漂亮女生，她已經不再是個無知懵懂的清純少女，而是一個正在偷偷談著戀愛，會背著所有人跟男生做見不得人事情的女生，光是知道這個事實，就令我無法從林郁涵的身上移開目光。

我不禁比較起自己跟林郁涵，我與林郁涵都是十四歲，只不過我是摩羯座，林郁涵是處女座，雖然我與林郁涵已經不再是處女；林郁涵有著漂亮的媽媽與會賺錢養家的爸爸，我的爸媽都是廢物；林郁涵會彈鋼琴，我的直笛連C大調都會吹到走音；林郁涵去過東京迪士尼，我連小人國都只去過一次，還是因為國小的畢業旅行才有機會去的；林郁涵在跟比這些小屁孩成熟很多的男生談戀愛，而且已經不是處女了；我雖然不再是處女，但連男生的手都沒有牽過，也沒有男生會喜歡又胖又醜的我。

人生進度與精采程度落後了林郁涵太多的事實，讓我心情沮喪了好一陣子，那天我無意間經過林郁涵的家附近，看見林郁涵的爸媽帶著林郁涵，還有那個在二輪電影院的廁所裡，不顧林郁涵的惶恐與掙扎上了林郁涵的男生，一起從這雞不拉屎鳥不生蛋的小鎮上最貴的日本料理店走出來。

「這不是小雯嗎？好久不見了。」迎面而來林郁涵的媽媽立刻就認出我，臉上掛著和藹的微笑。

「阿姨、叔叔好……。」

我恭順地向林郁涵的爸媽打招呼，眼神不自覺地飄向那個男生，發現那個男生的手偷偷拉著林郁涵的小指頭，林郁涵一定是看見我目光停留在兩人身上，而慌張地收回了手。

難道林郁涵的父母已經知道林郁涵在跟男孩子交往，並且大方地允許了嗎？

「小雯最近怎麼好像很少到家裡來玩了呢？」林郁涵的媽媽笑著說，臉上依舊掛著溫婉的笑容。

我的目光依舊在打量著那個讓林郁涵破處的男生。「最、最近比較忙。」

「是啊，要升國三了吧？大家都要用功念書、把專注力都放在讀書上，以後才可以考上好的高中。」

不過聽見林媽媽的說法，就知道林郁涵的媽媽絕對不可能開明到讓林郁涵現在就跟男生談戀愛，我們現在還未成年，老師一天到晚都在耳提面命不要太早談戀愛，現在要珍惜光陰，把所有力氣用在讀書上，將來考上好高中，再考上好大學，呼吸著大學自由的空氣，就有大把的時間可以去搞戀愛這種事，所以林郁涵的爸媽絕對不可能同意兩人交往，林郁涵跟這個男生一定是偷偷摸摸的在一起。

林郁涵的爸爸一定是注意到我好奇的眼光一直盯著他們身後的男生，於是主動對我說：

「忘了跟妳介紹，這是郁涵的數學家教，現在念大學二年級。」

林郁涵居然在跟大學男生交往的事實令人感到莫名挫敗，我喜歡的周雲翔搞不好連跟我說上三句話都沒有，早戀的林郁涵簡直就是領先了我一百萬步。

不過看林爸爸臉上還是笑盈盈的模樣，還請他吃全鎮最貴的餐廳，應該還沒有察覺林郁涵正在跟這個男生交往，這個男生不僅沒有好好地把林郁涵的數學教好，每個星期都還要從你的手中領家教的鐘點費，還睡了你的寶貝女兒，而且地點還是在二輪電影院又髒又臭的廁所，就不禁替林爸爸掬一把同情的眼淚。

在目睹那件事之後，世界還是沒有改變，林郁涵依舊是全班男生注目的對象，只是大家都不知道，林郁涵已經在二輪電影院又髒又臭的廁所裡做過A片演的事情，還哭得眼淚鼻涕都沾滿了那張扭曲的臉，而只能看著打滿馬賽克的A片來自瀆的笨蛋男生，依舊把她當成女神一樣的存在。

就在我上課瞪著黑板發呆時，還想著林郁涵與那個男生之間的事情，覺得胸口有一股悶悶癢癢的感覺，老師又無預警地在課堂上進行隨堂測驗。我不懂既然只是想要把上學期的東西拿出來考試、消磨時間，那麼幹嘛還要特地把放假的學生全都集中回學校進行暑期輔導呢？既然沒有心想要給學生上課，難道就不能好好的讓學生放一個輕鬆快樂的暑假嗎？

聽說每一年都會有女生在暑假期間懷了小孩，所以校方與家長都特別緊張，平日忙著工作沒空在放假時看緊孩子的父母，一聽見學校願意在長假時接管看護學生的責任，消磨學生的精力與時間、不讓學生在放假期間在外頭幹些無聊的蠢事，便把燙手山芋再丟還給學校，開開心心的在同意書上簽名。

一聽見又要考試，教室裡立刻哀聲四起，但老師依然不顧學生的不情願，發下隨堂測驗紙，並且在黑板上寫下題目。

雖然我也是一考完月考就把老師教的東西都忘光了，只好看著黑板上的題目發呆，但我很快就發現，坐在前面的林郁涵正在偷看隔壁王信和隨堂測驗紙上的答案。

我從小學就一直跟林郁涵同班，小學時還常常一起寫作業，知道雖然林郁涵的功課不算太差，但是她對數學一直都很不在行，到了國中以後，這樣的情形就更加嚴重了，自古英數不兩立，在林郁涵的身上完美驗證了。

林郁涵的背科很強，英文、國文、歷史、地理這種只要花時間背起來的科目，幾乎每次都可以考到接近滿分，但是需要花腦袋的數學、理化卻完全不行。一年級的時候林郁涵還可以勉強維持在七十分上下，但是到了二年級，連想要及格都很不容易，為了讓林郁涵能夠考上好的高中，林郁涵的爸媽花大錢，請了在國立大學就讀的家教來給她補習，但是她的數學仍然一點進步也沒有，數學家教沒有認真教數學，反倒是親身示範了健康教育第十四章。

而且二年級的數學老師特別嚴格，不及格少一分就要打一下，而且那個老變態居然還不是要打手心，而是打屁股，要我們面部朝下，雙手扶著講台趴下，翹起屁股來挨揍。

雖然屁股的肉比較多，比起打手心要不痛多了，但是這個姿勢實在是太丟臉，尤其是女生還都穿著百褶裙制服，雖然大家都會在裙子裡面穿安全褲或運動服短褲，但是女生都不希望以這樣羞辱的姿勢被處罰，應該全班男生包括那個變態數學老師，都在等著藤條打在女生的屁股上，裙子被掀起的那個瞬間，尤其是林郁涵這種漂亮、自帶仙氣、被男生當成女神一般仰慕的存在，就更加不想要被這種折損自尊的方法處罰，所以才會想要作弊吧。什麼嘛，原來看起來像仙女一樣受萬人景仰的林郁涵，也不過就跟平凡人一樣，會撒謊、會作弊、會在二輪電影院的廁所裡跟男生打炮。

王信和雖然長得一副方頭大腦的蠢樣，但數學成績卻是全年級數一數二的，而且我猜王信和一定都知道林郁涵在考試的時候偷看自己的答案，甚至有可能是林郁涵已經不只一次跟王信和串通好要作弊，所以王信和才會默契十足，故意把考卷往桌緣挪了一點，讓林郁涵抄隨堂測驗紙上的答案，因為王信和也是被林郁涵那種膚淺的美貌給迷惑的人之一。

看仙女作弊這有趣的畫面讓我幾乎無心專注在自己的考卷上，一雙眼睛都緊盯著坐在前方的林郁涵與王信和的一舉一動，林郁涵肢體僵硬的把頭偏向王信和，而王信和毫不遮掩考卷上的答案。

而且王信和還故意把算試寫得很大，好讓林郁涵可以看得仔細。就在林郁涵戰戰兢兢的抄寫著答案，一截粉筆朝著這裡射了過來。

「那邊的同學，妳在幹嘛？」

數學老師突然大聲喝斥，全部的人都停下手上的動作，抬起頭張望發生了什麼事？

只見數學老師抓起藤條，走向了他們的方向。

老師一定也是看見林郁涵正在抄王信和的考卷，所以要來個人贓俱獲了嗎？

太好了，剛剛還在躊躇到底要不要舉發林郁涵，畢竟林郁涵還曾經一起在小圈圈裡當過一陣子的夥伴，平常林郁涵也是好聲好氣的待我，我還吃過她媽媽不少點心，如果就這麼公然舉發她作弊不就會被冠上出賣朋友、忘恩負義的罪名？就等於是跟全班喜歡或仰慕林郁涵的人做對，現在老師自己發現林郁涵作弊的事，而要親手主持正義，我也就不需要煩惱了。

老師抓著藤條走過來，卻超過林郁涵與王信和的座位，停在我的桌子旁，一棍敲在我的桌上，發出巨大的聲響。

碰——。

「徐小雯，給我站起來。」老師表情嚴肅地說道。

我誠惶誠恐的站了起來。

「徐小雯，為什麼作弊？」

「我？作弊？我沒有啊……是、是……」

是林郁涵作弊，我幾乎在心裡咆哮了，為什麼這麼明顯的事情老師居然沒有看出來，還先懷疑我作弊，但還是掂量著林郁涵平時人緣好，不敢當眾指認她作弊，而支支吾吾說不出口。

「還說沒有，我從剛剛出完考題以後就看到妳一直伸長了脖子看前面。說，妳是不是想要抄林郁涵的答案？」

林郁涵心虛的低下了頭。

「老師最討厭學生作弊了，學習不好就算了，還不誠實就真的沒有救了。妳現在就給我到前面的講台趴著。」

我握起了拳頭走向前，經過林郁涵的桌邊刻意看了她一眼，林郁涵居然迴避了我的眼神。

我雙手撐在講台上，面向地板，老師高舉起藤條，一棍一棍打在我的屁股上。

「讓妳作弊！讓妳不誠實！大家給我看好了，這就是作弊的後果。以後誰要是敢作弊，就跟徐小雯一樣打屁股一百下。」

下課後，我忍耐著屁股被打一百下那痛痛麻麻的感覺，走在回家的路上，突然感覺後腦勺被某個東西打中了。

我轉過頭來尋找攻擊我的罪魁禍首，看見老是愛捉弄我的陳志維一臉幸災樂禍該死的笑容。

「徐小雯，妳作弊，羞羞臉。」

我原本不想要理陳志維的，因為陳志維就是那些無聊又嘴賤的男生，嘴巴比屁眼還髒，說出來的話比屁還要臭，跟他鬥嘴簡直就是在浪費生命。沒想到陳志維居然沒有自討沒趣的摸摸鼻子離開，反而又黏了上來。

「徐小雯，妳真的好遜喔，作弊就算了還被老師抓包。」

我的火氣真的上來了，回過頭一腳踹了陳志維的小腿，對著陳志維不知道在得意個什麼勁的醜臉大吼：

「幹，我才沒有作弊，作弊的是林郁涵。」

沒想到陳志維居然沒有感到驚訝，也沒有捍衛起他們那幫臭男生心目中的女神，反而說：

「原來妳也看見了啊？我也有看見林郁涵一直往王信和那邊看。」

「幹，那你幹嘛不跟老師說啊？」我摸了摸自己麻掉的屁股，這傢伙既然已經發現作弊的另有其人，為什麼沒有主持正義，害我挨了一百下藤條。

「因為我也不確定啊，像林郁涵那樣乖乖牌的模範生，應該不會做出這種事情吧。」陳志維聳了聳肩。

陳志維也是林郁涵教派的忠實信徒，就我所知，陳志維從小學就已經暗戀林郁涵，但是林郁涵當然不可能對長得醜，又全身散發出一種窮酸感的愚蠢少年陳志維多看一眼。即使林郁涵對陳志維不理不睬，但陳志維理所當然相信他的女神不可能做出作弊這種下三濫的事。

為什麼漂亮女生的人生就必較順遂？別人就會對她相對寬容，為什麼長得漂亮的女生比較容易被所有人喜歡或者信任呢？真是不公平。

只因為我又醜又胖，功課普普通通，所以老師就很合理的認為想要作弊的人是我嗎？連陳志維這種人都有資格來嘲笑我嗎？

我恨恨地瞪了陳志維一眼，氣呼呼地走上前，摜了陳志維的肚子一拳洩恨，但陳志維仍一臉嘻皮笑臉的模樣。氣急敗壞的我知道，現在只有一件事情可以打擊得了他，於是說：

「沒用的白癡，你喜歡的林郁涵早就被別人幹過了。」

陳志維捧著挨了一拳的肚子追上來。「妳這是什麼意思？」

「就是字面上的意思啊，幹你耳朵長包皮，到底是哪一句聽不懂？」

陳志維仍舊不死心的湊上來追問，我本應該要保守這個祕密的，畢竟偷窺別人也不是什麼值得說嘴的事情，雖然自己跟林郁涵現在就算已經很少往來，但也算是點頭之交，且將心比心，在文具店的儲藏室裡發生的事情也不會希望被別人發現，這種事情本不應該到處宣傳，但是看見陳志維一臉心急的模樣，就好想要看陳志維對女神幻滅的表情，就把上次在二輪電影院廁所裡發生的事情告訴了陳志維。

「妳騙人，林郁涵怎麼可能會這樣？」陳志維指著我的鼻子大叫，彷彿不能接受女神幻滅的事實。

「這是我親眼看見的，相不相信隨便你，總之林郁涵才不是像你們這些白癡所想的那種清純小白花，是早就被人家幹過的破麻。」

雖然我知道用這樣來評價一個女生很不好，我自己也不小心被人破了處，但我就是忍不住想要看陳志維捶心肝的表情，果真陳志維的反應一點都沒讓我失望。

7.

自從我向陳志維提起林郁涵的祕密，陳志維就像蒼蠅一樣，一天到晚黏在我身旁，整天質問我上次說的事情到底是真的還是只是唬爛的？可見他心目中的女神在公廁裡被其他男生吃乾抹淨，對一個懵懂無知的少年來說是多大的打擊，大概就跟周慧敏其實會放屁拉屎一樣讓人難以接受。

「幹，徐小雯，我覺得妳一定是在吹喇叭，林郁涵怎麼可能這樣。」

「幹，你他媽的煩不煩，到底要問幾百遍啊？況且在二輪電影院幫別人吹喇叭的不是我，是林郁涵，你不相信就算了，不要再來問我了。」

「不行，我一定要親眼看到那個男生才可以。」

正所謂不見棺材不掉淚，大概就是形容陳志維這種無腦的大白癡，我說到口水都快要乾了他就是不願意相信，非得要親眼見證他的女神不是想像中的神聖不可侵犯才甘願，於是陳志維強拉著我跟他組成偵探團，只要沒事就到林郁涵家附近蹲哨。

一開始我也不是很想要理陳志維，就讓他自己去發神經病就好，反正兩天以後他就會放棄了。但我又好想要親眼見證，陳志維這個大白癡在看見女神與其他男生雙宿雙飛後，那個大受打擊的表情，一定超級搞笑。

而且自從上次在儲藏室裡發生那件事後，我再也不曾踏足文具店去偷東西娛樂自己，漫長的暑假也需要找一點樂子來消磨一下，不想整天待在都是垃圾的房子裡，跟外公外婆大眼瞪小眼，遂答應陳志維一起組成林郁涵偵探團。

我與陳志維每天吃完晚餐就到林郁涵他們家附近的公寓蹲點，我與陳志維一人買一支冰棒，蹲在林郁涵家公寓對面大馬路邊的水溝蓋上，緊盯著有沒有人到林郁涵家。

我們吃冰棒的時候，臭水溝裡孳生數以百計的蚊子也同時在吃我們的腳。光是兩個晚上就令我那雙又粗又黑的腿被叮滿包包，還得一邊打蚊子一邊緊盯林郁涵家的樓下。

只要一有男生朝著林郁涵住的公寓走，陳志維就會用吃奶的力氣推我的肩膀。

「徐小雯，是不是那個男的？」

正在吃冰的我被陳志維那麼一推，冰棒差點捅進我的咽喉。

我按著自己的咽喉猛咳了起來，忍不住對著陳志維大吼。「幹，那是個歐基桑，就跟你說是年輕男生了，你的眼睛是長包皮啊？」

「都已經蹲第三個晚上了怎麼都沒有看到，是不是根本就沒有這個人？妳快點承認妳就是在唬爛我的喔。我們林郁涵不僅是美女、仙女還是處女。」

「哼，就算林郁涵不是處女也輪不到你啊，癩蛤蟆想吃天鵝肉。」

「說我癩蝦蟆，那妳呢？妳這頭又胖又醜的母豬，這輩子都不會有人喜歡妳。」

雖然我也是有一點自知之明，知道自己絕對列不上美女之格，但這種話居然是從陳志維這樣跟我相比也沒有好到哪裡去的臭男生嘴裡說出，就令人格外無法忍受，站起身來一腳踢在陳志維的肩膀上。

蹲在水溝蓋上吃冰的陳志維重心不穩而倒地，不趁此時要他命更待何時？我跨坐在陳志維的胸口上，一拳又一拳的搥在陳志維的頭上。

「你再給我說一次試試看，誰是母豬？誰是母豬？你才公豬咧！」

陳志維的體重比我還要輕，但是身高卻比我高了將近三十公分，我用體重的優勢壓垮又瘦又乾的陳志維，用粗壯的膝蓋壓住陳志維的胳膊讓他無力還擊，只能像孫子一樣道歉求饒，這倒是此生第一次感受到易胖體質有那麼一丁點優勢。

「好啦，對不起啦，我快要被妳壓死了。」

就在陳志維乖乖求饒以後，我停止揍他，一輛紅色機車急駛而過，轉進林郁涵家的社區，紅色機車最後停在林郁涵的家樓下。

男生摘下安全帽的瞬間，我立刻發現就是那天帶林郁涵去二輪電影院的人，指著那個男生的側臉大叫。

「就是那個男的！」

陳志維立刻推開了我，像是警察辦案一樣衝過馬路，躲在圍牆後頭偷窺那個男生。只見那個男生對著機車後照鏡整理了一下頭髮，還擠了一顆臉頰上的青春痘，又自戀地對著鏡中的自己笑了笑，才甘願往林郁涵她家的公寓走去。

「怎麼樣？怎麼樣？」

「嘖，也不怎麼樣嘛，不就普普通通。」

雖然我也覺得林郁涵的眼光很奇怪，不喜歡周雲翔卻喜歡上這個男大生，但陳志維那沒有來由的厭惡肯定只是忌妒這個男生睡了他的女神罷了。還以為陳志維看見那個男生的廬山真面目後就會放棄，沒有想到他居然拉著我又多蹲了兩個禮拜，總算摸清楚一些規律。

原來那個大學男生每週一跟四的七點到九點，會到林郁涵的家幫她補習數理。於是每個禮拜一與禮拜四陳志維就會拉著我到林郁涵家對面盯哨。

林郁涵的家在二樓，林郁涵的書桌緊鄰陽台，書桌前剛好有一扇窗戶，我也曾經到林郁涵的家寫過作業，所以很清楚林郁涵家的格局。

週一跟週四的晚上就可以看見林郁涵跟那個男生並肩坐在書桌前學習數學，但是看起來確實就像是單純地在一對一上課，沒有什麼踰矩的行為，只是有的時候男生稍微靠過去一點點，但是站在我們這個距離，實際上也看不清楚這兩個人有沒有眉來眼去。

我不明白陳志維幹嘛沒事自己去找虐，看著兩人並肩而坐所有的情愫盡在不言中。但我最不理解的是自己，為什麼每次都在抱怨回家就成紅豆冰，但是每個週一跟週四還是會乖乖地跟著陳志維一起來林郁涵家附近偷窺？

或許我就是希望看見陳志維發現林郁涵不是他想像的那樣美好吧？每次聽見別的女生偷偷摸摸在嚼舌根說林郁涵的閒言閒語，但也都不是什麼嚴重的大事，只是說林郁涵好像昨天沒有洗頭，或者是林郁涵下課的時候在廁所裡待了很久，一定是在拉肚子之類……那些芝麻綠豆大的小事，還是念著以往的交情以及林郁涵的好人緣，不著邊際地說著「真的喔？」、「不會吧？」但其實內心覺得很痛快，希望她們再多發現一點林郁涵的負面形象，她不過是一個普通女生，為什麼被其他人捧得跟仙女一樣？

憑什麼林郁涵就可以受到這麼多愛戴？就因為她長得漂亮或是一臉乖乖牌的模樣，連老師都不曾懷疑林郁涵是真正作弊的那個。而且我猜想，既然連陳志維這個白癡都發現林郁涵作弊，那麼應該在場也有其他人發現這件事，但所有人包括我自己都不敢拆穿林郁涵美好的形象，而最沒用的人是自己，居然平白忍受處罰與別人異樣的眼光，就是不敢成為與林郁涵對立的人。

好想揭穿林郁涵美好的面具，林郁涵跟所有人都一樣，就只是一個普通的女生，才不是完美的存在。就在我對自己矛盾的行為百思不得其解時，抬起頭來看見林郁涵的爸爸媽媽走出了公寓。

「那個，是林郁涵的爸媽。」

我指著那一前一後走出公寓的中年男女，陳志維也隨著我的目光停留之處望去，再看向二樓的窗口時，原本坐在窗邊讀書的兩人已經消失了。

正當我心想他們兩個怎麼不見了？但是林郁涵房間的燈還亮著，陳志維已經衝過馬路，站在林郁涵家的樓下仰望著窗口，又看了看最接近窗口的那一棵大樹。

「你該不會是想要爬上去吧？」

我話都還沒有說完，陳志維就像猴子一樣爬上了樹，心急的我不知道該怎麼辦，因為以自己這種五短身材，大概還沒有爬上樹就已經先摔個四腳朝天，所以就只好在下面替陳志維把風。但樹還是離林郁涵的房間有一點點距離，於是陳志維一腳站在樹枝上，伸長了手臂企圖搆到林郁涵家的陽台。

站在下面的我看得膽戰心驚，要是陳志維不小心失足，沒有摔死也至少要摔斷一條腿。

陳志維鼓起勇氣一躍，一手抓住了陽台上的欄杆。我嚇得連心臟都快要跳出咽喉，就怕陳志維把自己本就不是很聰明的腦袋給摔成了白痴。

待陳志維另一手抓牢了，俐落地翻進陽台，趴在窗戶底下偷窺，站在樓下的我不知道林郁涵跟那個男生在房間裡做了什麼。

過了好幾分鐘，陳志維才從樹上爬下來，兩人並肩走在回家的路上，但誰都沒有開口。雖然很想要知道剛剛陳志維到底看到了什麼，讓他像是掉了三魂七魄，印堂發黑，簡直就像是撞鬼一樣。

陳志維衝進雜貨店，從冰箱拿一瓶黑松沙士，到櫃檯付完錢，走出雜貨店就把那瓶黑松沙士咕嚕咕嚕地喝光了。

我們踏著長長的影子沉默了很久很久。陳志維突然一臉正經的說：

「欸，徐小雯，可不可以答應我一件事。」

陳志維難得的嚴肅讓我感到沒來由的緊張，吞了一口唾液，「怎樣啦？」

「讓我摸一下妳的奶。」

「幹，為什麼?!」

我這時還忍得住沒有痛扁陳志維一頓，一定是陳志維的臉色像見到鬼一樣倒楣，所以忍不住同情心氾濫。

「借我摸一下嘛。」陳志維頹喪著臉，語氣近乎哀求。「我需要一點衝擊才能冷靜下來，不然今天晚上一定會做惡夢。」

可見剛剛陳志維一定在林郁涵的窗前看見不得了的大事，所以才會這麼躁動不安。被摸一下也不會少一塊肉，反正我也早就被文具店老闆給摸了，還不是好好地活在這個世界上，沒有像八點檔演的一樣，失去貞操的女人就應該咬舌自盡，不配活在這個世界上。

我嘆了一口氣，大方的挺出了胸膛。

「嗯，來吧。」

我大方獻乳，陳志維則像是在做科學實驗一般，各種謹慎地伸出了手放在我左邊的胸部上，幾秒鐘以後才動動手指掐了掐。

「原來奶摸起來是這樣……。」陳志維一臉恍然大悟的表情。

「幹你摸夠了沒。」

8.

陳志維大病了一個禮拜，連暑期輔導都請了假。

我很想知道那一夜陳志維爬上林郁涵的陽台看見了什麼？可以讓一個大男孩瞬間像是洩了氣的皮球一樣，整個人都萎掉了。

由於我家離陳志維家最近，所以老師指派我送講義給陳志維。雖然百般不願意，但還是接下了這個任務。

到了陳志維家，來開門的陳志維還是一臉頹喪的模樣。

「怎麼是妳啊？」

「我也不想啊，誰叫你家離我家最近，老師要我幫你拿講義過來。」

「既然都來了，要不要進來坐一坐？」

我原本想要拒絕，但是陳志維難得邀約，那就恭敬不如從命吧。

陳志維的爸媽都不在，據說他們家平常也就是這個樣子，時常家裡沒有大人。陳志維問我要不要喝點什麼？我說隨便。我走到客廳坐下，發現電視螢幕定格在男優把女優的頭按在胯下，女優死命地張大了嘴把男優的陰莖含在嘴裡，連臉都變形的畫面，其實說老實話還挺猙獰的，我不懂陳志維怎麼有辦法看這個畫面自瀆。

「要不要喝津津蘆筍汁？」

陳志維從廚房的冰箱裡拿出兩罐印有比基尼美女圖的蘆筍汁，我沒有接過來，一來是我一向都討厭津津蘆筍汁的味道，二是陳志維用幾分鐘前到底摸過什麼的手拿飲料給我，我才不要喝咧。

陳志維將要給我的蘆筍汁放在亂七八糟的茶几上，自己則癱在沙發上大口大口地喝著。

「看你還有心情看A片跟打手槍，那應該就是死不了。」

「我受傷的心也只有AV女優可以撫慰我了。在打一槍之後我才能暫時忘記當時的震撼。」

陳志維捧著心口認真地說著，又把剩下的津津蘆筍汁混著少年戀愛的哀愁一飲而盡。

「你到底看到了什麼讓你這麼受傷啊？」

陳志維突然抓住了我不算纖細的手腕。「妳真的想要知道嗎？」

我懂自己為什麼會跟陳志維一起回到他的房間。陳志維脫掉了短褲與四角內褲，我則脫下藍色百褶裙以及褲頭都有一點鬆掉且泛黃的內褲，兩人上身還滑稽的穿著沾染汗漬痕跡的T-shirt與白襯衫。

陳志維像是玩娃娃一樣凹折著我粗壯的雙腿，粗魯的就想要插進我的陰道裡。但陳志維越慌張就越不得其門而入，原本應該變得堅硬的器官也越來越疲軟，我也開始感到煩躁了。

「我來啦。」

我只好像A片裡面演的，用手幫陳志維把疲軟無力的性器官弄硬了。

「靠，妳怎麼會的，有幫別人弄過？」陳志維肚皮緊繃，忍耐著射精的衝動，聲音都在發抖著。

「不要大驚小怪的，林郁涵還曾經用嘴巴幫那個男的吹。」

我感覺到陳志維聽見這句話時在我手中變得更硬了，卻還是口嫌體正直。

「幹，可不可以不要現在提起這件事。」

陳志維將津津蘆筍汁的瓶子放在床頭上，將我推倒在床墊上，掰開我粗壯的大腿，壓下了身，抓著好不容易硬起來的器官，雙眼緊盯著穿比基尼的津津小姐，粗魯又不帶情感地進入我的。我不禁皺起眉頭倒抽了一口氣，搥了陳志維的肩膀一下。

「操，會痛啦。」

但陳志維似乎也沒有比我好到哪裡去，才進來不到幾秒鐘就已經滿頭大汗，汗滴就快要掉到我的臉上，實在是有夠噁心的。陳志維靜止在我的身體裡好一陣子才開始抽動著腰肢，不到一分鐘之內陳志維就在我的陰道裡射精了。

雖然這應該不算是我的第一次，因為那一陣慌亂中的第一次早就在那陰暗的倉庫裡被文具店老闆奪走，所以什麼也不記得了，也不像A片AV女優那般興奮，用誇張的聲音呻吟著，只是感到有一點疼痛，但也不至於無法忍受，也沒有像言情小說裡形容的那樣欲生欲死，就只是發生然後完結，過程之迅速，連任何感想都來不及想起就結束了。

陳志維各種意義上的離開我的身體後，從書桌上摸了一包衛生紙丟給我，兩人背對穿上內褲時，還不忘嘴賤的對我說：

「不要搞錯了，妳這麼醜又這麼胖，我才不可能喜歡妳，只是好奇才跟妳做的。」說得好像是我倒貼了他，真是得了便宜還賣乖。我不以為意地聳聳肩，反正我也不喜歡陳志維，我喜歡的人是周雲翔，而陳志維喜歡的是林郁涵，而嚴格來說這也不算是我的第一次，互相不喜歡的人利用對方的身體解決對性慾的好奇，也扯平了。而且我想我之所以會願意跟他走進他的房間裡，就是想要確認到底那天文具店的老闆在那個又小又黑的儲藏室裡對我做了什麼？

陳志維穿上衣服，從抽屜的深處小心翼翼地挖出一包菸與打火機，是紅色的Dunhill，陳志維將細細的菸捲叼在嘴上，用打火機點燃，貪婪地抽著。我看著陳志維抽菸的模樣，突然想起那個在二輪電影院奪走林郁涵貞操的那個男生。

陳志維注意到失神望著他的我，說：「怎麼樣？妳也想抽嗎？」陳志維將菸遞給我，我好奇的抽了一口，立刻就被煙嗆到。

「咳咳咳……臭死了，你們怎麼會喜歡抽菸。」

「大家都一樣啦，第一次會不舒服，第二次就會喜歡了。」

9.

那個暑假我與陳志維沉迷於對性慾的探索，並以科學精神研究健康教育第十四章，放學時間陳志維的爸媽不在家，我就會往陳志維的房間裡鑽，先是一起看不知道從哪裡來的A片，然後做愛。

但我依舊覺得陳志維不是自己的菜，而且陳志維依舊在每一次做完都要用那厭惡的嘴臉重申一次，自己根本不喜歡我，只是沒想到做愛這麼爽而已。

但是陳志維似乎也不是沒有改變，在親眼目睹那個男大生與林郁涵在房間裡發生的事情以後，女神已經不是女神，變成了一個會張開大腿跟男生做愛的普通女生，陳志維每週一跟四的晚上七點不再拉著我一起去盯梢，而是躲在房間裡探索對方的身體。

除此之外，陳志維也發生了其他改變，喜歡的對象從林郁涵迅速轉換成別班的女生，速度之快就像是陳志維在我陰道裡的時間那樣迅速。

但令我百思不得其解的是，陳志維一邊喜歡著別班的女生，卻還是一邊跟我做愛，而我竟然也沒有拒絕。我猜想原因是，一向身不由己的我，終於有了一次可以掌控全局的機會，可以不聽任何大人的話為所欲為，也是第一次有人這麼渴望我，即使只是短短的幾分鐘，就在陳志維那張又小又破的單人床上，我終於感受到自己存在的價值。

在做愛的時候，陳志維還會跟我討論下一次情人節要不要跟對方告白。

「送巧克力吧，女生都喜歡巧克力。」

我翻了個身趴在床墊上，讓陳志維從後面進入我的身體，在我身後用力抽送的陳志維氣喘吁吁，贊同的點點頭。「好，送巧克力……。」

我與陳志維在身體與慾望的互相探索，也在開學之後逐漸繁忙的課業下而中止，兩個人又回歸到原來的相處模式。

有一天，我又倒楣被分配到要在中午休息時間打掃女廁，通常在這個時候，無論有任何藉口，任何人都不可以離開教室，讓負責打掃廁所的人可以慢慢打掃，我捏著鼻子把蹲式馬桶旁邊屎尿與經血的殘留物刷洗乾淨，當我心想這些整天在意瀏海以及裙子長度的女孩們可不可以稍微把心思放在對準馬桶上，非要把廁所弄得一片狼藉時，突然有人衝進女廁，用力拉開隔壁的廁所門，發出一聲巨響，接著我聽見一陣嘔吐聲。

「嘔——。」

我抓著馬桶刷走到隔間查看，發現有一個女生蹲在蹲式馬桶旁不停的嘔吐著，而且還沒有吐準，嘔吐物四散在馬桶外面，正當我要開口大罵，突然發現蹲在地上瘋狂嘔吐的人是林郁涵。

她轉過頭來，一臉蒼白，嘴角與頭髮上都沾到了嘔吐物，是今天中午營養午餐的炒米粉。

「對不起……。」她一臉歉疚地看著剛剛刷好馬桶的我，又忍不住再吐了一回。「嘔——。」

當時我還沒有意識到發生了什麼事情，只是想著為什麼林郁涵這麼倒楣，大家都吃一樣的營養午餐，就她一個得了腸胃炎，吐得一蹋糊塗。

直到某一天，林郁涵如絲綢一般的頭髮不見了。

她頂著一頭像是被狗啃了一樣的短髮出現在教室，門牙也缺了一顆，把大家都驚呆了。

但是八卦是不可能瞞得住的，尤其是像這種跟鼻屎差不多大的小鎮，流言蜚語擴散的速度簡直比流行性感冒還要快。

「林郁涵在跟男生交往了，而且對象還是她的數學家教老師。」

「她都沒有告訴我，還虧我跟她那麼好。怪不得假日約她的時候都說沒空，原來早就交男朋友了。」平常與林郁涵走得最近的張美帆說。

雖然我早就知道這件事，但還是裝作頭一次聽見那樣驚訝，才不會在女生圈中變成一個獨享祕密不合群的人。「真的啊。」

「怪不得我之前在別的鎮上看見林郁涵跟一個男生走在一起，那時候就在想林郁涵該不會跟男生在交往了吧？原來是真的。」

說八卦時馬後炮的加油添醋是必須的，我也只好從善如流點頭如搗蒜。但心裡想，拜託，這點程度的八卦就不用拿出來說嘴了，我可是親眼目睹了更勁爆的事情。但偷窺本就是件不道德的事，況且相同的事情自己也做過，還在陳志維那間又髒又臭的房間裡做了好幾回，我只能在心裡激動的獨享這個祕密。

「而且妳知道嗎？林郁涵的爸媽發現林郁涵在跟男生交往然後氣炸了。林郁涵的父母不許林郁涵在求學期間就談戀愛，於是要求林郁涵不准再跟那個男生見面，林郁涵跟爸媽吵了一架，她媽一氣之下就把她的頭髮給剪了，還在爭執中不小心打斷了她一顆牙。」

當林郁涵平常時最好的朋友以八卦兮兮的表情，在我們耳朵旁邊嚼舌根，雖然覺得張美帆到處說別人八卦很不應該，而且說的還是平常最好的朋友，但我還是忍不住想要繼續聽下去，乖乖地坐在原地，聆聽這些平日自詡是林郁涵最好的朋友們是怎麼形容這件事的。

流言蜚語本就有加油添醋的成分，就算說得誇大也不足為奇，不過讓我比較驚訝的是，林郁涵那個像是仙女一樣優雅又美麗，總是輕聲細語的媽媽，居然會做出動手將自己的女兒頭髮剪成像是被狗啃的一般野蠻又殘忍的事情，這根本就是在踐踏、輾壓一個女孩的自尊心。可見林媽媽在得知林郁涵談戀愛的時候有多震怒，甚至不惜摧毀自己的女兒，也不願讓她有愛上一個人的自主權。

「聽說林郁涵交往的對象還是個大學生呢，林郁涵的爸爸媽媽撞見林郁涵在房間裡跟那個男生在做那件事。」

「哪件事？」其中一人一臉茫然的問道。

張美帆露出一臉羞赧卻又有點興奮的表情說。「就是那件事嘛。」

一向崇拜林郁涵，簡直就像林郁涵應聲蟲的女生摀著嘴巴，露出了一臉嫌惡。「矮油，好噁心喔，這樣林郁涵就已經不是處女了欸。」

「對啊，好髒喔。」

「不過不知道那是什麼感覺吼？」

我呵呵的傻笑著，跟其他女生一起假裝著不知道健康教育第十四章實際操作的情形是怎麼樣，不過心裡在想，要是其他人知道我跟陳志維也曾經在暑假時不停地做愛，不知道她們會怎麼說我？

10.

在一瞬間，仙女墜落了凡塵，又摔進了地獄。

林郁涵因為一場戀愛從世界的中心變成被邊緣化的對象，老師看著林郁涵不禁露出扼碗的表情搖搖頭，原本跟林郁涵要好的同學也開始遠離她，因為爸媽告訴她們，好女孩不應該這麼早談戀愛，好女孩應該要守護自己的貞節，跟她走太近小心沾染上愛招蜂引蝶的習氣，而男生們則像是夢想幻滅一般，跟陳志維一樣開始喜歡上新的對象。林郁涵也像是封閉自己一般與所有人保持距離，彷彿知道所有人都不會接受她只不過是談了一場戀愛而已，她只是一跤跌進了愛情，不小心迷失了方向。

當別人群聚說著林郁涵的壞話時，雖然有一點同情她，但還是會忍不住好奇地在一旁聽著，看她們用看好戲的嘴臉嘲諷著林郁涵，在非不得已被那些曾經是林郁涵的好朋友們逼著表達意見時，好像不撻伐林郁涵就會被當成下一個孤立的對象，我也只能尷尬地說著「對啊。」、「就是這樣。」這種看似與他們同為一氣，實則只是不知道該怎麼表達的敷衍著。

但我心裡想的是，不久以前的自己也沉迷於跟陳志維發生性關係，但我們之間沒有任何悸動，性交只是出自於生物的本能，陳志維甚至是看著津津蘆筍汁罐子上的比基尼女郎勃起，根本與愛情扯不上邊。性或許與愛與道德一點關係都沒有，性是單純且直白的反應，但人才是骯髒與邪惡的，用不純良的角度曲解了性慾、曲解了慾望，所以才會連老師都不願意講解健康教育第十四章，欲蓋彌彰的態度反而讓我們更加好奇想要知道這些大人都不願意說的禁忌，然後不小心造成難以彌補的錯誤，也沒有試著去體諒我們的無知，陪我們走回正常的軌道，反而大聲撻伐把我們越推越遠，難道便宜行事的大人與教育就沒有一點責任嗎？

幾天之後，林郁涵翹家了，雖然沒多久林郁涵又被抓了回來，然後過了幾天林郁涵又跑了，從林郁涵的母親歇斯底里地拿起剪刀剪掉她的頭髮開始，林郁涵的人生似乎從此正式與她的母親決裂，開始了永不休止的逃跑。

據說是她的父母為了確保女兒的貞節，證明自己手掌心上的寶貝女兒並不是別人口中早秋的蕩婦，所以要向那個男生提出告訴。林郁涵不願意順從，寫了一封信向法官求情，陳述自己是真的喜歡那個男生，並且自願與他發生的性關係，並不是遭到暴力脅迫，於是再度與父母起了爭執。

讓我感到震撼的是，林郁涵的父母居然大費周章的興訟提告，寧願讓世人覺得自己的女兒是遭受強暴，也不想要承認自己的女兒只是在十四五歲、情竇初開、無知懵懂時，談了一場戀愛，不願守護她一起回到正軌，不願意承認自己的女兒有著一個正常人類的七情六慾，只是一不小心淪陷於對性慾的探索如此而已。

也有人說，林郁涵的父母不願承認自己的女兒居然做出被男人搞大肚子這麼丟臉的事，所以將她趕出家門。

關於林郁涵的離開，眾說紛紜，我唯一確定的是，那個星期天，天色還沒有完全亮，我一大早就被外公從充滿尿味的床上挖起來，要去附近的田裡給地瓜葉澆水與施肥。

天色有點冷，我穿著起毛球的紅色毛線外套，扛著放在廁所裡的尿桶，外公要我們每次尿尿的時候不准直接上在馬桶裡，要尿在這個桶子中，然後把桶子裡的尿拿去澆菜，再把菜摘回來吃，雖然覺得很噁心，自己居然吃著用尿栽種的菜，但是久了以後也就習慣。

我小心翼翼地拎著那桶快要滿溢出來的尿，每走一步就擔心尿液會濺在自己的褲管上。經過公車站與火車站時，突然有人朝著車站的方向奔跑著，我猜她應該是在回頭看著什麼，所以才會不小心撞了我的肩膀一下。尿液淋在我的拖鞋上。當我正準備破口大罵時，抬起頭來看見剛剛不小心撞了我一下的人是林郁涵，她回頭看了我一眼，一張蒼白又浮腫的臉露出了慌張的表情，卻沒有停下腳步。

我看著她沒有買票就衝進剪票口，穿過鐵軌爬上對向月台那狼狽的身影，這才發現林郁涵身上穿著在深秋清晨略嫌單薄的衣服，腳上還穿著拖鞋。

火車進站了。當火車再度駛離車站，林郁涵已經不在月台上了。

許多年以後，我還是不停想著，如果當時我放下手中的尿桶，走上前叫住林郁涵，或者跟林郁涵說上一兩句話，後來所發生的那些事會不會就完全不一樣了？

11.

人總是健忘，林郁涵離開了以後，男生們又找到新的崇拜對象，女生們在各自的小圈圈裡另立新領袖建立友誼，就連陳志維都有交往的對象，但已經不是當時想要用巧克力告白的女孩，不過陳志維居然對那個夏天，我們兩個未滿十五歲的孩子一邊看色情片一邊發生的荒唐事守口如瓶，大概是覺得初體驗的對象居然是他從來都不曾看上眼的我感到丟臉，而唯一不變的是，我喜歡的周雲翔依舊不曾正眼看過我。

隨著聯考越來越近，壓力越來越大，我的月經居然也停了好幾個月。生理期本來就是一件很麻煩的事情，很多人的月經都不規則，三個月半年才來一次的人也不是沒有，又屆臨大考，所以我也不以為意。

而我身上的肥肉也隨著冬天的到來變得越來越多，胖到自己都覺得多走兩步路就會開始喘，但是就算努力地想要減肥，午餐只吃平常的一半，身上的贅肉仍然沒有削減半分，反倒是在換季時，發現上個學期穿的夏季體育服都快要穿不下。要求外公給我買一套新的制服，但外公說我就快要國中畢業了，就算買了新制服也不過就穿那一兩個月，不需要浪費這個錢，所以只好繼續穿著緊繃繃的體育服上體育課。

還記得那一天是體適能測驗，男生要跑三千公尺，而女生要跑一千五，我本來就很討厭跑步，因為跑步的時候巨大的胸部會上下晃動，不僅很不舒服，而且嘴賤的男生還會模仿我抱著胸部跑步的姿勢。在跑步的時候突然感覺暈眩，但還是努力撐完一千五百公尺。

下一節課上課時，我突然覺得肚子好痛，以為是今天中午貪吃，多吃了一份午餐所以吃壞肚子，於是忍到放學才去廁所，我蹲在學校的馬桶上想要解放，幾分鐘後卻有一塊暗紅色的肉塊從我的陰道裡掉了出來。

我仔細一看掉在馬桶裡面的東西，不是屎，而是一個約莫兩個拳頭大小已經成形的胎兒……。

母親的故事

這個遊戲是這樣開始的。

小時候我看過一則報導，內容是一位年輕母親出外購物，心想只是在附近而已，所以就把剛剛出生的女兒留在家中，回到家時卻發現房子失火了，火勢迅速竄升，連消防人員都不敢貿然進入火場搶救，但那名母親卻奮不顧身地闖進失火的家中，當消防人員撲滅惡火以後，發現母親還沒有爬上女兒所在的樓層就死在樓梯間，死因是吸入過多的一氧化碳，找到屍體的時候都已經碳化，但女兒卻奇蹟似的活了下來，因為在密閉的房間裡還有足夠的空氣可以呼吸。我看著那則報導不禁潸然淚下。

妳也覺得很感動吧？只有真正的母親才會為自己的孩子奮不顧身啊，這才是全天下的母親都會為自己的孩子所做的沒有錯吧？無私又勇敢，而不是像我的母親永遠只想到自己。為什麼別人的母親可以為她犧牲性命，而我的母親卻從來都不曾善待我呢？

於是我將自己想像成那個女嬰，我的母親是因為我而死去的，我是一個偉大母親的孩子。

我沉迷於尋找有關母親為孩子而犧牲的故事，並且想像那些為孩子犧牲的母親就是我的母親。

當我媽打我、對我冷嘲熱諷、羞辱我的時候，我就看著她那張扭曲的臉，在心裡偷偷地想：妳不是我的母親，我的母親已經死了，是為我而死的偉大媽媽。然後居然這樣想著想著，就不那麼難過了。

我寧願要一個毫不猶豫就為我犧牲而死去的母親，也不要一個活著只會折磨我的媽媽。有些人就是不應該成為母親的，妳不這樣認為嗎？

第三部　高塔上的公主

1.

一走出捷運站就不停地狂奔，不顧天空正下著雨，奔馳在大雨之中，我不斷看著手腕上的錶，在腦中思考著等一下要怎麼向母親解釋，今天為什麼比平常還要晚回到家？

果不其然，才到家附近，就看見母親已經撐著傘正準備要出來找我。

母親一見到我，原本擔憂的神色終於有了一絲笑容，立刻小跑步走上前替我撐傘。

「今天怎麼這麼晚回家？」

我心虛地別開了眼，腦中閃過一個說詞：「今、今天老師把我們留下來做隨堂模擬考試，所以晚了一點。」

母親似乎沒有懷疑我所說的話，緊摟著我的肩膀，母親身體的溫度與熟悉的香味擴散了過來，反倒令撒了一個謊的我更感到不安。

「看妳全身都濕透了，都快要考試的人現在不能感冒啊，要注意健康才行，下次如果忘記帶傘，就打電話回家，媽媽開車去補習班接妳。剛剛我看到下雨了，原本想要去接妳，但是為什麼我打電話給妳，妳都沒有開機？」

我將手機開機，果然已經有好幾十通未接來電，全都是母親打的。

母親一旦決心要找到我，就算索命連環CALL也在所不辭。有一回我跟他在一起，母親卻不停打電話來，從此之後只要是跟他在一起，我就會把手機關閉，不讓任何人打擾我們。

「因、因為上課規定不可以使用手機，所以我就關機了。」我靈機一動撒了一個謊。

母親似乎輕易地就接受了這個說法，讓我不禁鬆了一口氣，雖然覺得欺騙母親有一點愧疚，但是想要不被母親發現我正在戀愛的事情，就必須說謊。

而且我也發現了，對於撒謊這件事，我已經越來越駕輕就熟。從以前小時候因為不想面對討人厭的體育課，就欺騙母親自己肚子痛，母親就會立刻打電話到學校，請老師讓我在教室裡休息，到現在為了不讓母親發現自己交男友的事實，不費吹灰之力就可以編出一個謊言。

雖然欺騙母親也有罪惡感，但是說謊已經成為我的生存之道，是我與母親之間的防火牆，阻擋著母親那過度關愛對我造成的煩惱，要是不說謊，我就沒有辦法繼續扮演母親期待中那個乖巧聽話的好孩子。

母親為了不讓我再繼續淋雨，自己的半個身體已經在雨傘外面，肩膀都已經完全濕透。回到家，母親催促我趕緊去洗澡，母親已經做好三明治給我當宵夜，一旁的保溫瓶裝著母親親自泡好的熱紅茶，保溫瓶旁邊的小碟子還有兩顆維他命B群，儼然是為了挑燈夜戰的我準備的。

但我一直不敢向母親承認，其實我從今天下班就一直跟他在一起，我也好一陣子沒有去補習班報到，因為我實在無心每天下班後，還要拖著疲累的身軀去補習班聽那些無聊的課程，所以經常沒去上課。

「今天還是要熬夜讀書嗎？考試要加油喔，現在這個時期最重要了，只要考試通過了，一切都輕鬆了。」母親拍拍我的肩膀笑著說。

一看見母親殷殷期盼的表情，就更加不敢讓母親知道我蹺課的事實，因為母親一直認為明年此時的我就已經是個國家聘任的公務人員，但其實我根本就不認為資質平庸的我能夠擠進那千分之幾的窄門，而且我也一點都不想要成為公務人員，因為這樣就不能每天見到他了。

我聽從母親的話，默默洗完澡，在餐桌上攤開書本也無法專心念書，坐立難安，不斷看著牆上的鐘與坐在客廳裡熨燙著衣服的母親，想著作息規律的母親大概十點半最多不會超過十一點就會去睡覺，母親仔仔細細地燙著每一件衣服，甚至是我的內褲，母親都會燙得平平整整，果真十點四十五分母親就燙完了所有衣服，收起熨斗，對還在餐桌上假裝用功的我說：

「媽媽去睡了，妳也不要看太晚了，把今天上過的內容複習完了就來睡吧。」

隨後母親便轉身走向我們母女一同居住的臥房。從我有記憶以來，就一直跟母親睡在同一個房間裡，每夜躺在同一張床上，到了今年已經二十三歲了依舊是如此。

其實這間三房兩廳的公寓並不是沒有其他的房間，我不只一次向母親表達想要有自己的房間，但母親總是不答應，說我半夜會踢被子，沒有人給我蓋被子肯定會著涼，所以到了這個歲數我依然像個小孩子一樣跟母親睡在一起，就連讀書寫作業都是在這張餐桌上完成的，時時刻刻都在母親的眼皮底下被監控著。

我的耳朵一直注意著房門內的動靜，等到聽見房間裡的聲音完全消失，門縫底下透出的燈光熄滅，確定母親已經睡下，不會再繼續盯著我的一舉一動，才偷偷地從包包裡拿出手機。在訊息的對話方格中填入：

回到家了嗎？

過了五分鐘他還沒有回覆，這五分鐘已經令我感到度秒如年，雙眼頻頻瞄向手機螢幕，深怕自己錯過了對方的簡訊，又怕母親發現我居然沒有專心念書，所以頻頻回頭關注身後的房門有沒有任何動靜。此時他終於回覆我了。

到家了，雨下得好大，衣服都被淋濕了

我剛走出捷運站的時候也正在下雨，衣服也都濕了

抱歉沒有送妳回家

客戶臨時有些事所以要趕回公司一趟

有沒有快點洗個熱水澡？

我想像著他用低沉的聲音說著這些暖心的話語，臉頰不自覺感到發燙。

嗯

今天晚上我們在一起的事情不要讓其他人知道喔

我知道

想起一個多小時前我們兩個人還在一起，不自覺從心窩開始發熱，恨不得現在就飛奔到他的身旁。

我去休息了，妳也早點睡，晚安。

嗯，晚安

我滑著手機，不斷重複看著兩人剛剛傳的訊息，內心一股癢癢又麻麻的感覺讓我完全靜不下心來看書，今天也折騰了一整天，不如先上床休息吧。

母親可能已經熟睡，我小心翼翼地推開房門，歛著腳步聲繞過床尾走到自己平常習慣睡覺的那一邊，掀開被子躺上床。

不一會兒，在睡夢中的母親半夢半醒之間，在棉被裡握住了我的手。

從我有記憶以來，我都是這樣牽著母親的手睡覺的，因為小時候的我很容易做夢，時常被噩夢嚇到哭著驚醒，母親就會握著我的手，或是在黑暗中緊緊地擁抱我，讓我知道我不是一個人，感受著母親的體溫，我才能安心地睡著。

但不知道從什麼時候開始，我突然覺得這個動作好噁心，都幾歲的人了還跟媽媽睡在同一張床上就算了，母親居然連在睡夢中都不願放開對我的箝制，於是我假裝翻身，鬆開母親緊握的手，縮到床的最邊緣，然後開始想他，只有想他的時候可以讓我感到幸福。

即使我已經累壞了，但滿腦子想的都是他，覺得頭暈腦熱的，沒有一刻不想起他的身影、他的笑、他身上的味道、他說過的每一句話、發的每一則訊息、做過的每一件事。

原來這就是戀愛的感覺啊。

以前怎麼都不知道談戀愛是這麼快樂又興奮的事呢？一張開眼睛就期待今天會看到他，閉上眼睛的時候也會夢見他，早知道就應該要早一點談戀愛的，這樣就不會過著無趣的二十三年人生了。

高中的時候母親讓我去念女校，理由是怕在男女混雜的環境裡會太早開始談戀愛，無法專心讀書。但是父母總是不願承認自己的孩子或許就不是個念書的料，讀書本來就是要看天分，我從小功課總是差強人意，升高中前的家長會談時，老師拿著我的成績單與性向測驗，建議我可以去念職業學校，選擇護理、餐飲、美髮或者設計，都很適合我纖細溫柔的個性，畢業以後可以有一技之長，就更容易進入職場。

其實我一直都希望可以成為服裝設計師或者髮型設計師，因為這樣就可以設計出自己想要穿的衣服，或者是為自己打點髮型，不像現在穿的每一件衣服都是母親買的。其實我覺得母親的眼光有一點過時了，我都幾歲的人了，她居然還給我買有蕾絲邊的洋裝或者襯衫，過腰的黑頭髮十多年如一日，每天早上母親都會親手為我綁辮子，雖然我一直很想跟其他女生一樣把頭髮染一個亮眼的顏色，或者是稍微燙個造型，但母親就是不答應，堅持要我留著這頭毫無變化的黑髮。走在路上看見與我年齡相仿的女孩，自信的穿著短裙、露出肚臍或者是領口稍微低一點的裝扮，我心生羨慕也好想要跟她們做一樣的裝扮，但母親卻皺起眉搖搖頭，說她們沒教養、不知檢點。

連我的頭髮衣著都要全權掌控的母親，當然不能接受老師的建議，用力拍著桌子指著老師的鼻子大罵：

「難道身為一個教育者，就是用這種態度在教育學生的嗎？難道做為老師的人連自己的學生都不信任嗎？覺得自己的學生連像樣的升學高中都考不上嗎？」

於是我也只好追趕著一般人的腳步升學，我用了比一般人還要多的努力，才吊車尾勉強考上私立貴族女中，但在優秀的同儕中，又不擅長與人交際的我過得非常辛苦，我時常不懂那些女孩們到底都在想什麼，女孩們嘴巴上說的話不見得就跟心裡想的一樣，總要費盡心機揣測。

為什麼女孩總是喜歡自行劃分一個又一個的小圈圈，表面上看起來一團和氣，私底下各個小圈圈則是明爭暗鬥，比學習成績、比體適能、比才藝競賽、比外貌身高、比球鞋的品牌，樣樣都可以拿來比較。

相較之下，一切都不突出，長相也很普通，又不擅長迎合別人的我就特別吃虧，各個小圈子都沒有我的容身之處，徹底成了一個邊緣人，讓我變得更加封閉自己，就只有他在茫茫人海裡看見了不起眼的我。

大學畢業以後，母親說現在經濟不景氣，外頭很多高學歷的人都找不到工作，與其繼續升學或者出國念書，不如報考公職，謀求一個穩定的鐵飯碗比較實際，遂在沒有跟我商量過的情況下，自作主張花大錢為我報名補習班。

母親說我可以不用急著找工作，專心待在家裡念書就好，但我實在不想每天都待在家裡面對看不下去的書本，要是真的考試成績不理想，還有個理由可以推託自己的失敗，於是以想要有工作經驗，才不會與社會脫節為理由說服母親，母親才答應讓我去上班。

由於要考試念書，就適合找一個不會太常需要加班，或者是不需要在公司裡有長遠規劃的工作，於是透過母親的人脈介紹，到一家營造公司當行政助理，薪水少的可憐，但是工作內容只有印資料、收送公文、斟茶遞水，而且一定可以準時下班。

母親從小到大為我下的每一個決定，或許只有這一個是讓我真心感謝的，因為我在這裡認識了他。

他是公司裡的業務，年紀大我七歲左右，已經進公司三年了。他最特別的地方，就是個無論跟誰都有辦法很自然就聊起天的人，光是這一點就跟不擅言詞的我完全不同。

進入職場的我還是沒有辦法跟任何同事熟絡起來，就像以前在求學的時候也是一樣，我不屬於任何圈子，也沒有任何稍微可以聊天的朋友，所以最害怕的就是自己選定組員的分組報告，因為我開不了口主動去請別人讓我加入，都是助教看我落單了，而自動把我撥給人數最少的一組。

中午我也總是一個人吃飯，因為母親每天都會幫我準備食物，沒有辦法帶著母親給我準備的便當，跟著同學走進學校附近的咖啡廳或小吃店，放學也不會跟同學一起逛街、看電影，沒想到已經進入職場，我還是每天中午孤孤單單地吃著母親為我準備的便當。

但他卻主動走向了我。

「妳的便當看起來好精緻喔，是自己做的嗎？」

他笑著對我說。從玻璃窗折射進員工休息室的陽光照耀在他臉上，那笑容燦爛得令我無法直視。

我慌張地回頭看身後有沒有人，確定對方真的是在跟自己說話，才誠惶誠恐的搖搖頭。

「是、是我媽媽做的。」

他在我對面坐了下來，他從便利商店買回來、湯汁有些溢出的微波食物把桌面弄髒了，我急忙地把衛生紙遞給他，他尷尬地笑了笑，又看了看我的便當。「現在居然還有人會給孩子做便當，真羨慕啊。」

我無法分辨他說的「羨慕」到底是個有絃外之音的貶義詞，還是發自內心的稱讚，因為以前在學校跟女生相處時，如果有人對著我說「真是羨慕啊」很有可能是帶著揶揄的意味。

真是羨慕妳沒有男朋友，都不知道談戀愛有多心累。

真是羨慕妳都不用去找組員，助教都會幫妳搞定。

真羨慕妳畢業了不用急著找工作，反正有爸媽會養妳。

每次別人微微皺起鼻頭，以同樣的句型笑著對我如此說道，一股煩躁的感覺就會忍不住湧上。

被母親疼愛固然很好，但是被當成過度保護的媽寶就完全不是這麼一回事。我在碰見他之前從來都沒有交過男朋友，因為母親不准，也從來都沒有不在家人的陪伴下在外面過夜，因為母親會擔心，我的人生有好多寶貴的經驗都被母親以愛為名而沒收。

但我知道母親對我的過度保護是有原因的。

我知道除了我之外，其實母親還有另一個孩子。

我對這個孩子完全沒有印象，母親也像是在保守祕密一樣從來都沒有向我提起過，而是有一天我下了課正要趕去補習，我在公車站等車時低頭滑著手機，突然有一個年長的婦人叫了我的名字。

「妳是佳嘉吧？」

我循著呼喊我名字的聲音轉過頭，看見一個滿頭花白的老太太坐在輪椅上，身後有個深邃輪廓的東南亞中年女子推著她。但我對老人的臉毫無印象，她又自顧自地說：

「妳不記得我了啊？我是之前住在妳家同一條巷子的張奶奶啊，妳以前常常來我們家裡玩，那個時候妳還小不隆咚的一個，見了人就會笑，張奶奶、張爺爺的叫，好乖好可愛，妳跟妳小的時候長得一模一樣。」

過於熱情的態度讓我感到有些尷尬，我看著她殷切的表情試圖回想關於她的一切，但不知為什麼，我赫然發現自己某部分的記憶不存在，像是被黑洞吞噬了、消失了、出現破洞，年幼時所發生的事情我完全想不起來，就連爸爸長什麼樣子？家中有那些親戚？小時候我們去哪裡玩？念了哪一間幼稚園？跟鄰居相處得怎麼樣……在我的腦海裡都是一片空白。

「妳全都不記得了嗎？這也難怪，發生這種事情，妳會受到打擊也是情有可原的。」

她的表情與動作看起來有一點精神異常，或許也有失智的傾向，我想她可能是認錯人了，拎起包包想要離她遠一點，她又用那雙布滿皺紋與斑點的手抓住我，自顧自地說。

「噓……不要跟別人說，妳媽媽一定是有很多壓力，因為第二胎又是個女兒，小嬸嬸又生了個男孩，妳奶奶重男輕女，她好忌妒、好忌妒，所以才會不小心殺妳嬸嬸的兒子的，還有妳妹妹的。噓……不要跟別人說喔。」

公車進站，外籍看護推著老奶奶上車，老奶奶仍舊努力地回過頭，用手指抵在嘴唇上。

「噓……不要跟別人說喔。」

雖然我對那個疑似失智的老奶奶所說的話存有疑惑，之前在學校上課的時候，老師也曾經說過失智的人時常伴隨著妄想的症狀，所以她所說的話也未必都是事實，或許都是她自己憑空想像出來的。可是她又為什麼可以精準的叫出我的名字呢？而我又為何對於年幼時的事情記憶模糊？為什麼小時候的記憶我會完全都沒有印象？又是為什麼我們母女鮮少跟其他親戚朋友往來？對於父親以及父親家族的一切我會一無所知？

小的時候我聽見別人提起自己的爸爸，才發現原來我沒有爸爸，我曾經問過母親，父親在哪裡？母親總是說，我不需要父親，父親跟母親是不一樣的，父親不會為孩子犧牲，只有母親才會，她會連同父親的份把所有的愛都給我。

難道是有什麼原因，所以母親不再跟所有的親戚朋友往來，就連父親也斷絕了關係？

基於好奇，我開始在網路上蒐尋所有關於這件事情的消息，我在搜尋引擎上鍵入「殺嬰」兩個字，果然跳出上萬筆資訊，我逐一尋找，終於看見幾則新聞與那個疑似失智的老人所說的事件相似。

嫌疑人疑似因忌妒同住的小嬸較受到婆婆關愛，所以動手殺害小嬸所生之子，又將自己的幼女活活餓死……。

＊＊＊

兩嬰被殺案件開庭，殺嬰魔女最高將求處死刑。

＊＊＊

人倫悲劇的循環！殺嬰魔女幼年時疑似遭受生母虐待。實際採訪殺嬰魔女的小學同學A小姐表示，殺嬰魔女小的時候來上課臉上與身上常常掛著傷疤，穿著很久沒洗的髒衣服，還時常沒有繳交營養午餐費。還表示，殺嬰魔女的個性畏縮陰沉，恐有反社會人格……。

＊＊＊

殺嬰魔女之夫向媒體下跪，表示：請判她死刑。

＊＊＊

殺嬰魔女：有一個聲音叫我殺了那個孩子。

＊＊＊

「殺嬰魔女」疑似產後憂鬱，患有精神分裂症，委任律師要求進行精神鑑定，殺嬰魔女很有可能逍遙法外……。

看著那些報導我才赫然發現，原來看似溫柔的母親極有可能是親手殺了兩個孩子的兇手……。

我的頭皮發麻、汗毛直豎，迅速關掉那些報導的網頁不敢再多看一眼，也不敢詢問母親，那些新聞報導裡殺了兩個小孩的女人到底是不是她？

這幾年來我時常做一個夢，夢見還是小女孩的我，看見一個女人手裡抓著染血的刀，我呼喊著「媽媽……。」女人回過頭看著我，當我想要看清夢中母親的臉，卻立刻就被驚醒了。

多年來我一直不懂自己為什麼反覆做著同樣的夢，直到看見那些報導才驚覺，也許我經歷過什麼可怕的事情，讓我的大腦自動進入防衛的機制，選擇遺忘。

母親像是隱藏祕密一樣從沒提過那兩個孩子，也像是贖罪一樣，把所有的關愛給我，時時關注我的一舉一動，讓人快要喘不過氣來。

我沒有把這件事情告訴別人，因為我怕別人會因為我是殺人兇手的女兒所以看不起我，但我卻把這件事告訴了他，以為他會從此遠離我，但他卻安慰我，要我不要胡思亂想，並且毫無芥蒂的包容著我，說就算那些事情是真的，也都不是我的錯，我不應該感到自卑。

但我還是覺得好噁心，我居然是殺人兇手的孩子，我的身體裡流著殺人犯的血液，我每天都睡在殺人兇手的身邊，被殺人兇手那令人窒息的愛所禁錮著，像是把我鎖在高塔之上，困在這個地方。

我要逃走，一定要逃走，逃離母親為我建築的高塔，是不是要先殺了母親？

2.

他最近似乎非常地忙碌，這幾天都在外地出差，他已經三天沒有傳訊給我了。我好想念他，想跟他說說話，想念跟他坐在車子裡，一人喝一杯熱咖啡漫無目的地聊著，但是他最近似乎有些事情令他分身乏術，所以我也只能壓抑著內心的思念。

我們在辦公室裡並不常往來，或許是他怕被公司裡的同事說閒話，所以刻意與我保持距離，下班以後若是我們約好了要見面，也是到距離公司十分鐘路程的便利商店等他來接我。

好幾天沒有見面的他今天終於進公司了，剛剛業務部在開會，我為他們準備書面資料與茶水，經過他身邊時，原本正緊盯著電腦螢幕的他抬起頭來看了我一眼，露出靦腆的微笑，隨後又低下頭繼續準備等一下要開會的資料。然後我又走向下一個位置，繼續發派著資料。

光是與他眼神交會，就令我心跳加速，激動得難以言喻，眼眶發熱，就好像漫無目的地活了二十三年，我終於找到出生在這世界上的理由，就是為了與他相遇。

雖然只有幾秒鐘的接觸，但我發現他似乎換了古龍水，味道淡淡的，但是很好聞。我好想抱著他，把鼻尖湊近他的胸膛聞一聞，但礙於還在公司裡，所以沒有辦法，只好壓抑著想要擁抱他的慾望，他的香味還逗留在我的鼻尖，他的微笑已經深深映入了我的腦海，讓我整個早上都魂不守舍。

下午送文件到他的部門時，看見他的外套放在座位上，那時辦公室裡沒有人，於是我偷偷地拿起他的外套，湊在鼻尖用力地吸了一口氣。

「妳在做什麼？」

我被這突如其來的聲音嚇了一跳，轉過頭望著聲音傳來的方向。

是他們部門裡唯一的女同事Ｋ走進了辦公室，以一種疑惑中帶著嫌惡的表情看著我，彷彿我做了什麼令人感到噁心的事情。

我慌張地放下他的外套，趕緊離開他的辦公室，也離開Ｋ那令人恐懼的眼神，不知為何她總是會令我想起以前念書時，我唯一曾經結交過的好朋友Ｌ。不對，或許Ｌ根本不曾把我當作朋友，而是把我當成奴隸使喚，但我就是無法拒絕她，一切都只是我的一廂情願，所以Ｌ才會常常用那種嘲諷的眼神看著我，但是嘴巴卻說很羡慕我。

我很害怕K這種女人，看起來活潑開朗好相處，對任何人都很和善，其實骨子裡頭誰都瞧不起，跟男人們稱兄道弟，對每一個男人放電，但是對待她看不上眼的人很尖酸刻薄，從剛剛她看我的眼神就知道了，明明只是一件小事，但她卻用看待流浪狗一樣睥睨的眼神看著我。

怎麼辦？她會不會把我偷偷聞了他外套的事情說出去？要是這件事情傳開了，大家會不會發現我與他的事情？他要怎麼解釋？希望不會給他帶來困擾。

3.

好險K似乎沒有把那天看見的事情說出去，這件事情沒有在公司裡傳開，他也沒有來質問我做了什麼，應該就沒有給他造成任何麻煩了，讓我終於放下懸在心上的一顆大石頭。

今天是星期天，直到母親把我叫醒，我才匆匆忙忙趕出門。今天的天氣又濕又冷，其實真的很不想出門，若是待在家裡也不是不行，但是只要一想到自己的一舉一動都在母親的監視之下，只要每每抬起頭來，就會發現母親正在注視著我，我才不要跟殺人兇手待在一個屋簷下。

我也不知道為什麼，一得知母親可能是個殺人兇手，彷彿她身上充滿血腥的味道，來自她那雙沾滿鮮血的手，再跟她多待一分鐘都會感到想吐。

而且待在母親的視線範圍之內，就沒有辦法跟他互傳簡訊，只要簡訊一來，就只能偷偷摸摸的躲進廁所裡回覆，簡直比做賊還要心虛。

不想去上課，我也無處可去，只好到圖書館。假日的圖書館已經一位難求，就算沒有人坐的座位，也有人把書本放在桌面佔位子，人卻不知道到哪裡去了，要不就是攤開書本，卻在位置上滑手機，或者趴在桌上睡覺。

我在自習室裡來來回回找了很久，終於看到一個空著的座位，同桌的對面是一個約莫六、七歲的小女孩，正在低頭寫作業，而女孩的旁邊應該是女孩的媽媽，因為兩人長得非常相似，有著大大的眼睛與白白的皮膚，而她們母女不知是否正在鬧彆扭，兩人的眉頭都糾結在一起，彷彿坐在她身邊的人不是親生母親，而是仇人。

我從包包裡掏出書本與手機，雖然已經攤開今天預定要複習的內容，但眼睛還是不自覺飄向手機螢幕，心想他現在應該已經起床了吧？不知道他有沒有好好的吃飯，只要一忙起來常常連吃飯都顧不上，都只會亂吃一些沒有營養的食物，或者是把便利商店的微波食品當三餐吃，讓人感到很心疼。

正當我的心思全都放在手機上而無心念書時，突然聽見一個東西被重重扣在桌面上的聲音。

咖——。

我下意識尋找聲音的方向，發現是小女孩用力地把鉛筆丟在桌上，拿起橡皮擦，像是賭氣一般，用力地擦著作業簿上用鉛筆寫過的痕跡，作業簿的紙張都快要被擦破了。桌子的四個腳有些不平均，在女孩用力的擦拭簿子時劇烈的搖晃，讓人無法忽略不去理會，抬起頭看了一眼對面不知什麼原因正在賭氣的小女孩。

小女孩的母親大約是聽見我下意識地嘆了口氣，四目相對時對我露出愧疚的表情，輕輕點頭表達道歉之意。並且壓低了音量對小女孩說：

「小聲一點。」

小女孩則倔強地瞪了母親一眼。夾在母女之中有點尷尬的我露出包容的微笑，表示沒有關係，又繼續低下頭凝望著書本，但就是無法專注地把書裡的內容讀進腦袋裡，一直想著A現在在做什麼？吃過午飯了嗎？在吃什麼？

前方又傳來了騷動。

「妳寫這個什麼鬼畫符？給我全部擦掉重寫！」

女孩心不甘情不願地拿起橡皮擦，用力地擦拭著作業本，不平均的桌腳晃動發出了「咖咖咖咖」的聲響。

我的眼神又不自覺飄向前方的母女，母親或許是因為我困擾的表情而感到焦慮，突然把女兒的本子搶了過來，粗魯地撕掉女孩好不容易寫好的作業。

唰——。

「不要想敷衍了事，給我全部重寫！」

女孩看見母親把自己辛苦寫好的作業都撕掉了，生氣地掉下了眼淚。

「不許哭！」

眼前的兩母女一個正在哭泣，一個正歇斯底里地撕著作業本，目睹這一切的我不知該如何是好，只有眼巴巴的看著她們母女倆的情緒越演越烈。

「不要哭，姊姊都被妳吵到了，快點跟姊姊說對不起。」

倔強的女孩不願開口，紅著雙眼瞪著自己的母親，其實我也覺得事情沒那麼嚴重，我也不差這個道歉，但女孩的母親看著女孩不服軟的表現就更加憤怒，一巴掌甩在女孩的臉上，發出了響亮的聲音。

啪！

女孩粉嫩的臉頰瞬間變得通紅，剛剛還可以壓抑住哭聲，現在卻已經開始嚎啕大哭，整個自習室的人都回過頭來注視著我們這裡。

「道歉！壞小孩，我不是說過給別人造成麻煩一定要道歉嗎？到底是誰教妳這麼任性的？為什麼這麼不聽話？每次都要讓我這麼丟臉才可以嗎？我這麼辛苦的生妳、養妳，就是讓妳這樣忤逆我嗎？」

女孩哭得越發淒厲，惹來更多注目，女孩的母親粗暴拽著女孩纖細的手臂到自習室外頭，就算隔個玻璃窗，仍可以聽見女孩淒厲的哭聲與母親教訓孩子的聲音，我反而不覺得母親是真的在教自己的孩子，而是故意在大庭廣眾裡羞辱孩子給別人看，就算隔著一段距離，我仍可以徹底地感覺到那個孩子內心的不甘、羞恥與痛恨，就像母親曾經對我做過的那些事。

我從以前就有一個疑問，難道母愛大過一切嗎？孩子與母親之間真的會真心相愛嗎？真的沒有人會憎恨自己的母親嗎？也沒有母親對孩子懷抱著仇恨的情感嗎？母親為孩子所做每一件事情的出發點都一定是愛嗎？即使再令人厭惡，都應原諒母親以愛為名所做的每一件事情嗎？

記得在國中的時候，我好不容易有了一個好朋友L，L個性爽朗，雖然功課不特別突出，但是人緣卻很好的女孩，照理來說這樣的人應該不會跟我這樣的人成為好朋友，但有一次L突然在全班四十個人的面前，大剌剌地問我有沒有衛生棉？我一臉慌張地點點頭，從書包裡拿出來偷偷塞進她的手心。她笑著說月經每個女生都有，不過就是衛生棉，為什麼要像做賊一樣啊？

因為我們兩個人的生理期時間差不多，當我下課去廁所換衛生棉的時候也常常遇見她，她時常忘記帶衛生棉，所以就會來找我借，久而久之我們就時常在一起聊天、吃午餐。

學校沒有提供營養午餐，所以大部分的人都是訂便當或者到福利社買東西吃，少部分的人則自己帶便當。L一個月有好幾天會吃最便宜的麵包與牛奶，她看我每天都帶著媽媽做的便當很羨慕，所以我也會分一點東西給她吃，她特別喜歡吃我媽媽做的咖哩飯。

L說自從父母離婚以後，她已經好久都沒有吃過母親做的東西，而且L的母親也不喜歡L去見她，因為L的母親再婚對象的家庭很保守，所以沒有讓他們知道L的母親是二婚的。L的爸爸常常沒給她錢訂便當，微薄的薪水全花在外面的女人身上，都自顧不暇了，所以L到了月底只能把一個麵包分做兩餐吃。

L時常自暴自棄說，既然父母親不愛她，當初又為什麼要生下她？

我不知道要怎麼安慰L，因為只要我說妳不用想得這麼悲觀，沒有父母是不愛自己的小孩，只是不知道也沒有能力去表達，她就會生氣地反駁我：

「那是因為妳媽很愛妳，妳過得很幸福，所以妳才無法理解我的感受。」

我知道母親很愛我，每一件事情都是為我著想，至少在那件事情發生之前我是這樣深信不疑的，但母親的愛也時常把我推入進退維谷的絕境。可是面對別人的指責倒像是恃寵而驕的我不知足，讓我無法為自己辯白，我便不想要再繼續說下去。

我把關於L的事情告訴了媽媽，問她中午可不可以幫我多準備一個便當給L，因為這對每天都替我準備便當的母親來說應該只是個舉手之勞。

我以為樂善好施的母親會立刻就答應，因為母親光是每年捐獻給宗教團體與慈善機構的錢都是好幾萬起跳，母親常跟我說我們的日子過得好，就要感恩，要積福報。連不知道在哪裡的人與神明，母親都會慷慨解囊，但我提起可不可以為L做便當，母親卻垮下臉，說要我不要跟L來往。

我問母親為什麼？她則說：

「這種女孩最擅長就是用自己悲慘的身世博取別人的同情心、吸引別人的注意，然後理所當然的占別人便宜。那種家庭出生的女孩一定不懂得真正的愛是什麼，因為連她的父母都沒有愛過她，她怎麼會知道怎麼愛別人？太幸福的人對他們來說是刺眼的存在，她一定是虎視眈眈地等著妳的幸福出現了破綻，然後落井下石。」母親悻悻然地說著。

我不願相信母親的話，我才不認為L是這樣的人，而且從小到大我幾乎沒有什麼朋友，L是我好不容易才交到的朋友，我才不會輕易地放棄這段友誼，於是決定再也不跟母親提起L，只要默默地跟她往來就好，這大概是我人生之中第一次對母親作出了孱弱的反抗。

但內心還是稍微受到了母親的話所影響。例如：L為什麼常常忘記帶衛生棉卻不自己去買，難道是為了佔我的便宜？為什麼L時常來找我借錢，雖然都是十塊、二十塊的小錢，卻常常忘記還給我？每次跟我到書店去閒晃，推薦我買的書其實都是她自己想要看的，每次新買的書或者漫畫連我自己都還沒有看過就被她先借走了，歸還的時候不是封面已經髒了，就是內頁有折損，她也從來都不曾道歉，裝作沒有這回事還給我，雖然我有點生氣，但也從來都不曾真正跟L計較過。

於是我開始對L有所保留，當她來找我借錢或東西時就找個理由推託，當她暗示我想要看哪一本書的時候，我就會故意選擇別的書，L雖然沒有因此疏遠我，還是會跟我一起吃午餐與聊天，直到某一天上課時，老師說到「錙銖必較」這個成語，請大家造句，L卻突然很大聲的說：

「周佳嘉是個錙銖必較的人，每次跟她借東西她都找一堆理由不借，很小氣。」

L此言一出，全班開始哄堂大笑，連老師也認為這是一句玩笑話，跟著笑了起來。大家都看著我，我覺得好丟臉，而且還是被我自認為的好朋友這麼說，更是讓我感到心寒，於是下課時躲進廁所裡偷哭。

L聽說我在廁所裡哭了，於是跑來找我，但是她卻不是以歉疚的口吻向我道歉，而是一種不耐煩的語氣說：

「妳這樣就生氣了喔？好啦好啦，我跟妳道歉可以了吧？」

這種態度的道歉讓我感到更加憤怒與難過，難不成就像母親所說的一樣，像她這樣忌妒著我的人，一直都在等著我露出破綻，對我發動攻擊？

於是我越哭越大聲，就連在課堂上我的眼淚都沒有辦法休止，唏唏歔歔地哭著，到了中午哭到都脫水發燒，老師讓我喝運動飲料，要我到保健室休息，也打電話請母親來帶我回家，母親心急如焚地趕來了。

我猜老師一定是向母親提起事情發生的原委，當母親帶著我回到教室準備收拾東西回家，剛好是中午的打掃時間，L沒有因為把我弄哭而感到消沉或歉疚，依舊拿著掃把跟其他同學打鬧，我看了心裡真的很難過，原來L根本就沒有把我當成一回事。

母親突然筆直的走向L，就當我以為母親該不會是因為心疼我所受的委屈，所以要動手教訓L時，母親卻當著全班的面，在L的面前跪了下來。

時間像被按了暫停鍵，所有人都錯愕地望著在L面前下跪的母親。母親突然對著L說：「所有的事情都是我不好，阿姨跟妳道歉，是我要佳嘉不要跟妳來往的，我們佳嘉是一個老實的孩子，她不知道要怎麼拒絕別人，請妳不要再欺負我們佳嘉了，好嗎？」

我忘記了我與母親是怎麼離開教室的，只記得隔天上課的時候，L再也不願意理我，全班所有同學也都戰戰兢兢地對我，將我當成洪水猛獸敬而遠之，深怕母親在L面前下跪的尷尬場面再度重演。

當然也有人時不時就會拿母親下跪的這件事情對我開玩笑：不要惹周佳嘉哭，等一下她媽媽又要來下跪了。

這句話成為中學三年甩不掉的夢魘，讓我不禁想，到底害我被孤立的人是L還是母親？要是母親沒有對我說那些話，我還會對L心有芥蒂，然後不肯借她東西，結果被當眾拿來開玩笑嗎？還是母親當眾在L的面前下跪，其實不是跪給L看，而是跪給我看？要我知道跟她不喜歡的人來往，後果就會變得如此難堪？間接築起了高塔，孤立了我。

當時母親向L下跪時那種令我錯愕又丟臉的感覺又重演了一次，當自習室裡所有人都看著我，彷彿害得那個小女孩哭得撕心裂肺、擾亂安寧的元凶是我，那個歇斯底里的母親只是被我不經意不耐煩的眼神給逼急了，是我沒有體諒身為一個母親的辛勞，所以那個母親才會動手打了那個女孩。

母親在L面前下跪時的羞恥感又爬上我的心頭，我只好尷尬地收拾好自己的東西離開圖書館。拖著沉重的書包漫無目的的遊走著，索性掏出手機，傳訊息給他，打了一封長長的訊息，把剛才發生的事情還有中學時的那段往事告訴他。

訊息很快就出現了「已讀」但他一直沒有回覆，我想他或許是還在消化這則訊息的內容，於是我又傳了：

你起床了嗎？

起床了

發生那樣的事情，害我都讀不下書了，我們出去走走好不好？

今天不太方便，還有點事

怎麼了？

有點難解釋，晚一點再跟妳說，妳不要想太多，專心應付考試比較重要，知道嗎？

我站在路邊嘆了一口氣，雖不知道發生什麼事，但今天是見不到他了，不免感到有些失望。突然想起我們已經一個多禮拜沒有私下見面，在公司裡又不方便走得太近，因為他說不想讓同事指指點點，所以我們在公司裡會刻意保持距離。

我從來都沒有戀愛的經驗，所以不知道這樣到底是不是正常的，也沒有可以聊這方面問題的好朋友，更不可能讓老是過度擔心的母親知道，因為母親要是發現我有交往的對象，一定會掀起一陣軒然大波，所以我也只能一個人靜靜地承受著戀愛時甜蜜又心酸的苦楚。

4.

今天一早我走進他的部門時，他似乎打了一個噴嚏，我立刻傳簡訊問他有沒有怎麼樣？需不需要看醫生？有沒有多喝熱水？但他卻一直沒有回覆我。

中午休息時間，我看著手機螢幕上已讀未回的簡訊嘆了一口氣，不曉得是男女之間的差異，還是是自己第一次談戀愛所以得失心太重，只要他沒有馬上回覆訊息，我的心裡就會浮現各種惶恐，不曉得是他真的很忙所以沒有時間回覆訊息，還是自己太黏人惹得他厭倦了，所以才不回覆。

有時候我覺得愛情讓我好幸福，光是跟對方待在同一個空間裡什麼也不做，心裡就會暖暖的；但有時也覺得戀愛好辛苦，見不到對方的時候又會胡思亂想，戀愛的人難道就要在甜蜜與痛苦之中反覆煎熬著嗎？

如果可以，我想要成為他的影子，這樣就可以與他如影隨形。

雖然我們兩人在同一間公司工作，但我也不敢直接去找他，因為他在公司裡一直都保持著一種淡淡的態度，不會太過親近也不會太過冷漠，我想或許因為總會有一些愛說閒話的人，他怕會擾亂工作場合的氣氛，所以兩人交往的事情還是低調得好。兩人就算在公司擦身而過，眼神都不會有交集，為了避嫌，也不要在公司裡有不必要的交談，宛若陌生人。

雖然覺得他有一點矯枉過正，但是既然他不希望我們的戀情受到關注，我也只能順從，況且我也不希望母親知道我現在有交往的對象，因為母親從以前到現在就不只一次對我說，我可以不用結婚，媽媽會養我一輩子，男人的肩膀靠不住，這世界上只有母親才會為孩子犧牲奉獻，只要永遠待在媽媽的身邊，讓媽媽為我遮風擋雨就好。孰不知這些冠冕堂皇的話，也只是因為她殺了那兩個孩子，因為愧疚才說的好聽話吧？是因為她殺死了那兩個孩子，感到愧疚或者後悔，所以才會加倍的對我呵護吧？但這根本就不是我想要的人生啊，我寧願當時她把我跟那兩個孩子一起殺死。

不，不行，這樣我就沒有辦法遇見他了，也許活著，是上天給我的恩賜也說不定，所以我要忍耐，有一天我一定會逃出母親的手掌心。

我渴望戀愛，用燃燒生命的方式愛著一個人，但那卻與母親的愛相違背。雖然我知道母親是真的深愛著我，把最好的東西都留給了我，但是也讓我感覺無比沉重，有時候都壓得我喘不過氣了。

昨夜我又做了惡夢，沒有睡好，他又不回我訊息，我整個早上都在盯著手機螢幕上已讀未回的訊息，也無心上班了，工作時出了幾個不應該犯的失誤，雖然同事們沒有說什麼，但從他們的態度看來似乎不太高興。好不容易捱到午休時間，坐在員工休息區吃著母親為我準備的便當，但我卻一點食慾都沒有。

最近不知道是因為快要考試所以壓力太大了，還是他的若即若離讓我沒有安全感，最近一直都很淺眠。一旦我感受到壓力，睡覺的時候就會一直作夢，我常常夢見有一個女人，拿著一把染血的刀站在不遠處，但我看不清楚她的臉，在夢中我哭著叫那個女人「媽媽、媽媽」，然後我就驚醒了。

有時我會分不清楚那是夢還是現實，昨天晚上也是反反覆覆地做夢，我是哭著驚醒的，張開眼後母親擁抱著我，像是在擁抱嬰兒一樣。這麼愛我的母親怎麼可能像夢中一樣可怕？但被母親抱著的我覺得好噁心，像是黏膩的膠狀物附著在我的身體上，又像有著觸腳的章魚黏著我不放，無論我怎麼閃躲就是甩不開母親的雙手，就這樣一直睡睡醒醒到天亮。

精神疲憊，身體也不太舒服，望著便當裡的食物，居然有一種反胃的感覺。

我用手摀著嘴巴不停乾嘔著，好險一早起來就沒有什麼胃口，早餐還是在母親的叮囑下只喝了半杯牛奶、吃一顆雞蛋就匆匆出門上班，胃袋到了中午已經空了，要不然我真的會在員工休息區吐出來。

就在我按著咽喉，想要壓抑不斷湧上的吐意，突然聽見一個熟悉的聲音，我回頭望向員工休息區的出口，看見一男一女有說有笑地走進休息區，是他與K。

看見K又令我想起外套的事情，不知道K有沒有到處宣傳？K的性格爽朗、外型亮眼，身在充滿陽剛之氣的部門裡卻一點都不會格格不入。偶爾會看見她跟同部門的男同事一起在走廊上說說笑笑，或者在吸菸區一邊抽菸一邊聊天，裡頭必定有K恬不知恥的摻和在這群男人當中，就算她沒抽菸也會站在充滿二手菸的吸菸區裡跟其他人聊天，在一群男人堆中，一個女人以嫵媚的姿態發出如銀鈴一般的笑聲，彷彿自己是這群男人們擁簇的女王。

我就時常想，若自己是Ｋ，還能在男人堆中這般如魚得水嗎？母親總是告誡我男女有別，教養好的女孩應該要與異性保持適當的距離，如此這般的跟男人打鬧嘻笑，在旁人的眼中只不過是輕挑隨便的女人。

他也看見了我，但仍是匆匆一瞥就別開了雙眼，我想他一定是擔心有人會發現我們在一起的事情，小心翼翼地想要保護我們這段剛剛萌發的戀情。

站在他身旁的Ｋ則是在人滿為患的休息室中拉長了脖子尋找座位，赫然看見我的對面還有兩個位子。

「欸，那邊那邊。」

他露出有些不好意思的表情，或許是太害羞，怕同事們發現我們正在交往，嘴碎開他的玩笑，在公司裡盡量與我保持距離。遂說：「那邊靠窗，太熱了。」

「不會啦，有冷氣嘛。」

Ｋ逕自走向我，開朗的表情與上次嫌惡的眼神簡直判若兩人，對我說道：

「請問這裡有人坐嗎？」

「沒有……。」我偷偷瞄著站在K身後的他，偷偷地對他笑了笑。

「那我們就坐這裡吧，快點吃一吃，一點半要開會了。」

K從他的手中接過便當，逕自坐下。他拗不過K的堅持，也只好在我的對面坐了下來，但是眼睛始終沒有直視我，或許是怕K會發現我們的關係。

K從袋子裡拿出便當，拆開橡皮筋，掀開便當盒後扭曲了五官，就像那天她目睹我迷戀地嗅聞著他外套上的香味時那臉上厭惡的表情。

「噁，好討厭喔。」

一聽見K這麼說，我立刻感到寒毛直豎，下意識地以為她在說我。

「每次跟老闆說焢肉不要太肥，結果來的還是這麼肥的肉。」

我看到這麼肥的肉，腦袋不自覺也聯想起豬肉的氣味，好不容易稍微平息下來，作嘔的感覺又浮現，摀著嘴巴乾嘔了一聲。

他則默默地扒著飯，K則把自己便當裡的肥肉夾給了他。

「你愛吃肥一點的肉對吧，幫我把它給吃了。」

這是我頭一次發現原來他喜歡吃肥肉，而且還是從別的女人的嘴裡知道，心裡突然有些不是滋味。

K又看了看他的便當盒，說：

「你的菜比較好，早知道我也買雞腿飯了。」隨後又把舔過的筷子伸進他的便當盒裡，夾了一塊茄子塞進自己的嘴裡，咀嚼之後嚥下，鮮紅的舌頭還貪婪地舔了一下嘴唇。

他肯定知道我目睹了這一幕，心虛地低頭吃著便當，沒有抬起頭來看我一眼。

就在我還在因他的冷淡與K的親暱而失神，K突然指著我面前的便當說：

「妳自己帶便當啊，真是賢慧呢。」

「是、是我媽媽做的。」

「我長這把歲數，還沒有見我媽進過幾次廚房呢。妳媽居然還給妳帶便當，真是令人羨慕啊。」

又來了，「羨慕」兩個字從K這樣的女人嘴巴裡吐出，敏感的神經又不自覺被挑起。彷彿回到了念書的時候，那些女孩們嘴上說著羨慕，實際上是在訕笑我是個脫離不了母親照拂的嬰兒，時不時就拐彎抹角的揶揄我，但這又不是我能選擇的，這些話跟母親令人窒息的愛同樣讓我感到渾身不舒服，但最令我不舒服的，則是此時此刻他有時間可以跟K坐在一起悠閒地吃著便當，卻連回覆我一個訊息的時間都沒有，於是我默默拿出了手機。在訊息的欄位輸入幾個字傳送給他：

我想你

放在桌面上的手機螢幕立刻亮起，他看了一眼，偷偷的用手遮住，顯然是怕被坐在隔壁的K看見，若無其事地將手機收進口袋。

我默默地收起便當離開員工休息室，回過頭時仍看見他與K並肩坐在一起有說有笑地吃著便當。

5.

我知道他吃飽後會有抽菸的習慣，公司在露天的陽台設置了吸菸區，有凳子與菸灰缸，也有飲料販賣機，很多人閒暇之餘會在吸菸區抽菸順便聊天。

我走近吸菸區，果然看見他與同事站著一邊抽菸一邊聊天。我故意站在他能看見我的地方，撥了一通電話給他，他掏出手機看見是我的來電，露出一臉不知道要怎麼辦的表情，默默掛斷了電話。

我又傳訊息告訴他，我很想見他。

他立刻回傳，下午他要去別的縣市拜訪客戶，可以順便帶我去散散心。

其他同事看他忙著傳訊息，笑著問：

「女朋友喔？」

他則一臉靦腆地收起了手機。

回頭我立刻跟主管請好假，跟之前一樣花十分鐘走到離辦公室有一點距離的便利商店等他來接我。

我們花了將近一個小時的車程南下，約莫一個小時的車程中，他沒有主動解釋為什麼他和K會看起來如此親密，還可以分食便當裡的食物，我也沒有向他詢問起這件事，就怕他會覺得我小心眼而生氣，只好卑微的忍耐著內心的不快。

現在他已經是我生活的重心，這一生前二十三年幾乎沒有任何的歡愉，只是按照母親的期望生存著，沒有自己的意識。他就像是沙漠中的綠洲，愛上他是我此生唯一一次自己下的決心，他的存在滋潤著我乾涸的心，我已經離不開他，也絕對不會離開他了。

他去拜訪客戶，我就靜靜地坐在車上等著他。閒來無事，替他整理有些髒亂的車來打發時間，把喝剩的飲料瓶清乾淨，把散落在車上各處的發票、收據整理好，在把儀表板上的灰塵擦乾淨，就在整理副駕駛座上的手套箱時，我看見一條知名品牌的口紅。我打開蓋子，發現口紅不是全新的，已經用剩了一半，顏色是豔麗的鮮紅。

正當我思索著這支口紅到底是誰的？為什麼會出現在他常開的車上時，他剛好返回車上，急忙之下我將那條用過的口紅放回原來的位置。

雖然內心懷揣的疑惑讓我有點不安，但他說要帶我去附近的海邊走走，我開心極了，這是第一次跟他到海邊，我們終於可以在光天化日之下牽著手散步，不用再顧忌會不會在這個城市遇見公司裡的同事。

我期待可以跟他一起漫步在映著夕陽餘暉的沙灘上，他卻自顧自地走在前方，點起了菸。不知為何腦袋裡浮現K從他的便當裡夾了一塊茄子塞進嘴裡的畫面，想起那個女人現在就跟男友在同一個部門工作，他們兩人時常同進同出，在一起談天說笑的模樣是那樣親密且登對，他被那個狐媚又隨便的女人勾引了要怎麼辦？一股難以壓抑的忌妒感油然而生，我從背後抱住了他，深吸了一口氣，貪婪地聞著他身上的味道，激動得都快要留下眼淚。

他輕輕地鬆開了我的手，轉過頭用溫柔的眼神看著我，正當他要開口說話時，我不知道自己是哪裡來的勇氣，居然在大庭廣眾之下墊起了腳尖親吻他。

他乾燥的嘴唇上有著菸草的味道，對於他的味道，我像是上了癮一般貪戀著。我從沒有想過自己居然也敢在這麼多人面前親吻我愛的男人，因為從小被母親嚴格管束著言行舉止，必須拘謹自持，就連表達自己內心真實的情感都是羞恥不合宜的，但此時此刻我卻對所有人都看著我們正在親吻而感到興奮不已，恨不得口紅的主人也可以看見這一幕，這樣就可以讓她清楚地明白他是我一個人的。

這個吻不知道持續了多久，我已經徹底淪陷在他的嘴唇上，惱人的電話鈴聲響起，他輕輕地推開了我，有些慌張地接起電話。他用手勢暗示我不要出聲，並且到車上等他。

我回到車上，還在為剛剛那個吻感到激動，輕輕撫摸還殘留著淡淡菸草味的嘴唇而竊喜，不知為何又想起了放在手套箱裡的那支唇膏。

這支口紅是誰的？為什麼會放在這裡？難道他們也開著車到處兜風、在海邊親吻？完事後那個女人在這個位置上對著鏡子整理儀容，就順手放在這個手套箱裡？還是那個女人早就知道我跟他的關係，知道我時常坐這輛車跟著男友一起出去，所以故意放在車裡讓我發現？

他掛斷電話，點起了一根菸，往車子的方向走來，我連忙把口紅塞進我的包包裡。

6.

不知是否待在他身邊時情緒總是特別穩定，一向難以入眠的我居然在車裡睡著了。

我又做了那個夢，夢見手中握著刀的女人，而我不停哭喊著「媽媽……媽媽……。」，當我快要看清楚那個女人的臉時就會被驚醒，慌張地叫出了聲。

「怎麼了？」

我轉過頭望著坐在駕駛座上的他，依舊驚魂未定，我掐了掐自己不停發抖的手。說：

「我又夢了跟你說過的那個夢。」

「那都只是夢，不是真的。」

「你有沒有想過，母親身體裡其實隱藏著一個可怕的魔鬼，當她無法壓抑時，隨時會跳出來傷害你？」

「妳是壓力太大了，不要胡思亂想。」他的語氣有些不耐煩，或許是塞車塞太久的緣故。

我冷靜下來才發現，車窗外的街景是熟悉的街道，他已經開著車一路北返，時間也已經是晚上八點多，早就過了補習班開課的時間，光是塞車就塞了兩個多小時，他一臉疲憊，連要帶我在附近吃個飯的意思都沒有，直到停在家附近那個他常讓我下車的公園，我忍不住失望地哭了出來。

「妳幹嘛哭了呢？」

他用帶著菸味的手指，溫柔地抹去我臉上的淚水。

「我、我不想要回去，再陪陪我好不好？」

他的表情有一點不耐煩，只要他開始煩躁的時候眉心就會擰起，但仍用溫柔的口吻安慰著我。「不是已經快要考試了嗎？妳應該專心準備考試才可以啊。」

「我不要念了，反正我也考不上，也不想當公務人員，都是我媽媽逼我的，我都快要瘋掉了，她到底要控制我到什麼程度？有時候我真的好想要死掉算了。」

我自暴自棄的說著，我以為溫柔的他會安撫我，但是他說：

「我不喜歡妳老是說這種話，而且妳不試試看怎麼知道妳辦不到？如果妳再不乖乖念書，我就再也不帶妳出來散心了。」

「不、不要這樣，我會乖乖念書，你不要不理我，好不好？」我抓著他的手哀求著，就算是世界末日我都不怕，就算下一秒就會為了他而死，我連眉頭都不會皺一下，我最害怕的事情就只有不能跟他在一起。

「好，那妳要答應我，妳現在乖乖地回去，有什麼話我們等明天再說，好不好？」

雖然今夜不想與他分開，但再這樣任性下去只怕他真的會生氣，我只好哭著點點頭。

我抹掉臉上的淚痕，依依不捨的下車，目送著他的車調頭，直到離開了我的視線。

我回過頭，看見母親站在遠遠的對街，用嫌惡的眼神看著我，我從來都沒有見過這樣的眼神，那個不斷侵襲著我噩夢中的恐懼在真實的生活中襲來，我想要逃，但是雙腳卻像是生了根一樣定在原地不動，母親用眼神示意我跟她回家。

回到家，母親用力甩門，把門上了鎖，對我大吼：

「那個男人是誰？」

「他、他是我公司裡的同事。」

「為什麼這個時間妳會跟他在一起？」母親又繼續逼問。

「今、今天跟著他到外縣市出差，到現在才回來。」

「妳不用再騙我了，下午李課長才打過電話來，說妳請了病假，還問妳有沒有好一點？我擔心妳所以給妳打了電話，但是妳的手機關機。說，妳到底整天都跟那個男人在做什麼見不得人的事情，需要這樣說謊？」

母親像是呲牙裂嘴的惡犬逼近，只差沒有騎在我身上掐著我的咽喉，打破砂鍋問到底的追問，那猙獰的表情令我嚇了一大跳，彷彿在母親看似慈祥和藹的外殼之下，住著一個兇猛的怪獸，總是在不經意之間跑出來，像是要把我吃掉一樣，就像她很久很久以前殺掉那兩個小孩一樣。

被母親激動的模樣嚇壞，我推開了母親，母親的頭撞到櫃子的邊角，當場磕破一道痕跡，鮮血從母親的額頭流了出來。我也顧不上受傷的母親，一心只想逃、想躲進房間裡，把門鎖上。

不死心的母親追了上來，用力敲擊著門板，碰碰碰碰碰碰碰……像是要把門撞破一般。

被嚇壞了的我連滾帶爬躲在桌子底下，像個孩子一樣哭泣著。

這是夢吧，否則一向溫柔的母親為什麼變得這麼可怕？其實母親不是母親，是把公主鎖進高塔的魔女。我不停地告訴自己，祈禱噩夢快點清醒，不知不覺睡著了。

醒來以後全身都在痠痛，窗外已是天明，看著鬧鐘上的時間已經是早上七點半，是應該要整裝出發去上班了。

我看著鏡中的自己，頭髮凌亂，眼睛浮腫，簡直像是經歷了一場災難，但我實在不想要繼續跟母親待在同一個屋簷下，還是決定要去上班，於是換上衣服，小心翼翼地走出房間，並且祈禱母親已經早一步出門去，我躡手躡腳的經過客廳，聽見母親的聲音從廚房的方向傳來。

「妳醒了啊？」

嚇了一跳的我望向聲音的方向，正在準備早餐的母親臉上堆疊著溫暖的笑容，跟昨天晚上幾近癲狂的那個女人判若兩人。

「早餐已經做好了，快來吃吧。」

雖然覺得已經恢復溫柔和藹笑容的母親有點可怕，只要看著母親就會想起昨天晚上她抓狂的樣子，但我的雙腳還是乖乖移動到餐桌前坐了下來。

「想要喝果汁還是牛奶？」

「果、果汁。」

「妳現在正在準備考試，鈣質有安定神經的功能，還是喝牛奶吧。」

母親笑著說，逕自把牛奶從冰箱裡拿出來，倒進不鏽鋼的長柄鍋裡加熱，然後關上爐火，將熱過的牛奶倒進白色的馬克杯中，放在我的面前。

雖然我一直都很討厭牛奶的腥味，但又不敢違背母親的意思，每次都是憋著氣把牛奶一口氣喝下。

我拿起杯子，把嘴唇貼在杯緣打算一如往常硬著頭皮把牛奶喝下，但今天牛奶加熱的溫度比平常還要高，只喝一小口，舌頭就被燙傷了。

「怎麼？太燙了嗎？好像加熱過頭了。」

我摀著嘴巴搖頭又點頭，母親則起身為我倒了一杯冷開水。我急忙地把冷開水喝下，被燙傷的地方才稍微緩解。

母親在我的對面坐了下來，我看見母親頭上血跡凝固結痂的傷口，傷口的外圍還有一圈紫色的瘀青，心虛地說道：

「對不起……。」

母親拿起叉子，戳破半熟的雞蛋。嘆了口氣，說道：

「當母親還真是天下最辛苦的差事啊，希望自己的孩子好，不要跟自己走上一樣辛苦的路途，但孩子永遠不會感激自己，還會覺得被限制了自由，努力地想要反抗、想要掙脫。」

「這讓我想起我年輕的時候，妳外婆告訴我，不要嫁給妳爸，妳爸看起來是個容易說話的好好先生，實際上只是一個軟弱沒有肩膀的男人，嫁給這樣的人就得事事扛在自己的肩上，會有吃不完的苦頭。我不相信妳外婆的話，毅然決然地跟妳爸結婚，結果一切都被妳外婆說對了。總算盼到妳長大成人了，以為人生中所有的辛苦終於有了回報，但沒有想到等待著我的，是女兒的背叛。」

「我、我不是故意的，對不起……下次不敢了。」我抓著湯匙的手都開始發抖，戰戰兢兢地說著。

「妳覺得還會有下次嗎？」

母親將被叉子搗碎的雞蛋淋上腥紅的番茄醬後吃下。

7.

我等不及到公司，就立刻在捷運上傳訊息給他，說有話要跟他說，我們約好中午休息時間在我們時常約定的那間便利商店外會合，我一上車就對他說：

「我媽好像發現我們的事了。」

「我不是說過不要向別人提起嗎？」他的語氣變得很嚴肅。

「不是我說的，是我媽自己發現的。昨天我下車的時候被我媽看見了，就一直追問我跟誰在一起？昨天到底做了什麼，所以她現在應該已經知道有關你的事情了。」

我怕惹他生氣急忙著解釋，但他的表情越來越不耐煩。

「妳都已經成年了，做任何事都還要跟一五一十地跟妳媽報告嗎？」

「……可是我。」

「我覺得妳很矛盾，一天到晚說妳不喜歡妳媽媽控制妳，但妳從來都沒有真正做過什麼事情來改變現狀。就像妳說妳不想要考公職，那就應該就要明確清楚地表達自己的想法啊，為何什麼反抗都不做，就只會消極地怨天尤人？」

經他這麼一說，我也覺得自己應該要學習獨立自主，也想著或許離開家就不用每天面對母親那讓人喘不過氣的控制，也可以跟他有更多時間在一起，甚至兩人可以同居，到共組一個家庭……那些美好的夢想讓我躍躍欲試，想著要怎麼開口向母親提出自己想要搬出住，但我知道，一直到現在都堅持要跟她睡在同一張床上的母親，是不可能同意讓我搬離這間房子的。

補習班下了課，我一推開門，母親已經站在玄關等著我。

「妳回來啦？」

母親的臉上有著陽光般的笑容，但是一想到昨天母親歇斯底里的模樣，真的像是會把我殺了，又不禁害怕了起來。

「我回來了……。」我心虛地低下頭，脫去腳上的鞋。

「今天非常準時，都快要考試了，難道下課的時候老師都沒有把你們留下來重點練習嗎？」

我想要伸手去鞋櫃拿拖鞋時，母親已經將拖鞋拿出來放在我的腳邊，並且將我剛剛才脫下的鞋子放進鞋櫃裡。

「嗯……老師說快要考試了，要我們平常心就好。」

「也是，今天晚上還要熬夜嗎？要我給妳煮點宵夜、備個咖啡嗎？」

「不用了，謝謝。」

我還是沒能對母親開口說要離開家，挫敗地低著頭回到自己的房間，卻發現門上的喇叭鎖不見了，就連廁所門上的鎖都被卸下了。

「媽……這是怎麼回事？」

「喔，我把家裡的鎖都給拆了，從今以後我們家沒有祕密，我們也不能像上次那樣，一有爭執就躲進自己的房間裡，把房間鎖起來了喔。」母親的臉上依舊維持溫柔和藹的笑容。

他似乎真的生氣了，最近有意無意地疏遠著我，傳簡訊給他，說母親為了控制我把家裡所有的門鎖都拆下來的事情告訴他，他也都很冷淡的回應著。

我告訴他我真的有認真思考要搬出去住的事情，也很認真地開始找房子，我們可以去看他喜歡的房子，然後兩個人一起生活，但他卻沒有回應我。

在公司裡原本就刻意保持距離，現在更是完全把我當成空氣一樣無視，中午也很少見他在員工休息室裡吃飯，該不會真的在躲避我？

被他與母親搞得心煩意亂，剛剛吃下的午餐現在又蹲在馬桶前吐了出來，我沖掉吐在馬桶裡還沒來得及消化的食物，抽了兩張衛生紙擦掉嘴唇旁邊的穢物，突然聽見一個熟悉的聲音，是K。她似乎正在洗手，隔著薄薄的門板聽見水聲，她開著擴音跟對方講電話。

「今天晚上在老地方吃麻辣火鍋嗎？當然要去啊。算我一份，還要找誰去……？」

電話那頭提起了他的名字，我立刻豎起耳朵，聽他們說今天晚上要在公司附近的麻辣鍋店聚餐。隨後電話掛斷，K抽了兩張擦手紙。我以為她離開廁所了，我才走出隔間，卻發現她站在鏡子前面補妝。

她看見我，對著鏡子向我打招呼。「不好意思，我不知道廁所裡還有人，剛剛有沒有打擾到妳？」

我慌亂地搖搖頭，走向洗手台。她看著我的臉，說：

「妳的氣色好差，要不要補個妝？」她指了指手中的口紅，我發現跟他車上找到的那一支是同一個廠牌不同色號的口紅。

「我自己也有。」不知為什麼站在K的面前會讓我感到如此緊張，我翻找自己的包包，找著我平時慣用會顯色的護唇膏，但卻沒有找到，反而翻出了那天在他車上找到的那支口紅。

她看著我手中的口紅，說：「妳也喜歡這個牌子啊？我也是呢，好用又不會太貴。我也有一支這個顏色的，但是不知道丟去哪裡了。」

隨後K補完妝，走出了化妝室。

8.

我真的太想要見他一面了，我知道他很有可能還在生我的氣，不敢太過靠近，只想要遠遠的看他一眼就好，於是一直在餐廳外頭等著，外頭風又大又冷，我站在路燈下等了兩個多鐘頭，連腳趾頭都凍僵了，他們的聚餐終於結束，他與K並肩走出了餐廳，似乎還有說有笑。他似乎喝了一點酒，臉紅紅的，站在路邊叫計程車，讓喝得比較醉的同事先上車，然後跟著其他人一起在馬路邊抽著菸。

今天他們似乎心情不錯，也有可能是喝了一點酒，所以笑聲變得有點大聲，說話時也是手舞足蹈的。他與K突然默契十足的同時笑了出來，K還親密地搭著他的肩膀大笑。

我從來沒有看過他笑得這麼開心，到底K說了什麼讓他心情這麼好？我是不是從來都沒讓他這麼開懷的笑著？都是我不好，我就是一個這麼無趣又陰鬱的女孩，不像K這麼開朗。

但這不能怪我啊，因為我的母親就是把我養育成一個連笑都必須矜持的女孩，甚至在認識他之前，我都不知道人生真正的快樂是什麼？都是母親害的，是母親一直試圖控制著我，把我的人生都毀掉了，要是母親死掉就好了。

我好想現在就在他身旁，好想現在就躺在他的臂彎，好想聞著他身上的味道，好想他時而粗暴時而溫柔地佔有著我，好想在他的身下激動地顫抖著、哭泣著、呻吟著，啃咬著他肩膀，在他的身上烙下屬於我的印記，好想要讓全世界知道他是我的。

看著他們親密的樣子我忌妒得眼眶發熱，恨不得衝上前去把他們兩個人拉開。就在此時K看見了我，用手肘推推他，並且向我揮揮手。

他抬起頭看見我站在對街，原本燦爛的笑從臉上消失。隨後捻熄了菸，招一台車跟K一塊離開了。

我不知道自己是怎麼回到家的，只記得看見他臉上的笑容消失，神情慌張地與K一起坐上計程車時，我的心好痛好痛，但我不能在母親的面前哭，因為這樣母親就會知道我跟他交往的事情，所以我只能蹲在大馬路邊哭完。回到家，母親看見我悲慘的模樣問我怎麼了？我說可能是外頭太冷讓我凍著，母親看我不停發抖，給我煮了一碗餛飩湯麵，但我根本就食不下嚥，彷彿聞到母親雙手上的血腥味沾染在她親手做的食物上，一入口就感到反胃。

於是母親催促我去洗澡，洗完澡就快點休息睡覺。

我站在蓮蓬頭下使勁地哭，但卻不敢讓哭聲傳出浴室，所以只好把水開到最大，熱水打在我的身上，想起了K與他親密得像是一對戀人一樣，一陣想吐的感覺湧上，我光著身子跪在馬桶前把剛才吃過的東西都吐了出來，但反嘔的感覺依舊一陣一陣地湧上，令我乾嘔不止。

我努力地撐起身體，到洗手檯邊接起水漱口，漱了好多次仍然無法去除從喉嚨深處湧上的酸澀。

是吃壞了東西嗎？

不對，最近好像時常覺得噁心，且就算什麼都沒有吃還是會覺得想吐，甚至聞到食物的氣味就覺得不舒服。

該不會是懷孕了吧？

生理期多久沒有來了……？好像已經遲了半個多月。

我低頭看著自己的肚子，難道我的子宮裡正孕育著一個微小的生命，是我與他結合所留下的愛的結晶？

我撫著自己還很平坦的肚子，對著鏡子裡頭的自己笑了。

好孩子，你來得正是時候，只要有了你，他就不會離開了。

9.

我一方面為了自己懷上他的孩子而雀躍，一方面又有些擔憂，因為不能讓母親知道，母親一定會大發雷霆，責怪我不知檢點，怎麼可以背著她跟男人搞七捻三，還未婚就懷上身孕，所以我決定在跟他商量好下一步之前，都不能讓母親發現。而且母親雖然看似溫和，但她發起瘋來會不會像當年殺掉那兩個孩子一樣做出什麼可怕的事情來？

但最近幾日公司派他去外地出差，他已經好幾天沒有進公司，就算傳訊息他也未必可以看見，且這麼重要的事情怎麼可以透過簡訊告知，還是要當面說清楚比較好，而且我也不想要錯過他得知自己要成為人父時喜悅的表情，所以只好按耐著內心的狂喜。

早上出門前，坐在餐桌前吃著早餐，雖然我越發想吐，但是想到自己的肚子裡有著跟他愛的結晶，為了這個小生命，還是忍耐著想吐的感覺把食物往肚子裡吞。

母親則一如往常替我整理包包裡的東西，把散落在包包裡的發票與收據收起來，再把錢包裡的現金補足到一千塊錢，不多也不少，剛剛好可以應付一些臨時需要使用錢的狀況，卻又不至於給我太多現金，即使我都已經成年，有了自己的收入，所有的金錢依舊都是母親在控管，就連存摺與提款卡都被母親保管著，每天都替我做著這些事。

母親看見那個她親手縫製，讓我隨身攜帶可以收藏衛生棉的碎花小包包。皺起眉頭，道：

「佳嘉，妳這個月的生理期還沒有來嗎？」

我被母親突如其來的疑問嚇了一跳，差點被口中的食物噎到。用力拍了拍胸口。

糟了，我怎麼沒有想到自己的衛生用品全都是母親在準備的，要是月經沒有來，母親遲早都會發現，也很快就會察覺我已經懷孕的事情了，恐怕會鬧得天翻地覆。

「好、好像有些遲了。」

母親看著月曆上替我標記的生理期紀錄，眉心的紋路垂若懸針。

「是嗎？可是已經遲了快要半個月了啊。」

「可、可能是最近忙著準備考試，壓力大，心理影響生理，所以經期延誤了。」

「要不要去給醫生看看？女人的生理期可是很重要的，無故紊亂了說明身體正在出狀況，延誤治療會傷了根本。」

「最、最近太忙了，又要考試，等空一點再說吧……。」

「考試雖然重要，但是不要弄壞了自己的身體，就算今年沒有考上，還有明年、後年、大後年，我們慢慢努力，不管是三年、十年、還是二十年，媽媽都會等妳的，總有一天一定可以考上的喔。」

母親拍拍我的肩膀，但不知為什麼，母親臉上的笑容卻令人感到不寒而慄。看來母親是打定主意我這輩子一定要當公務人員才肯罷休，母親一旦確定的事情，是不會有轉圜餘地的，就算想跟她好好地坐下來商量，母親嘴上說尊重我的決定，也不會有任何改變，母親只會一味的要我按照她的期望去做，久而久之我也不想白費力氣去跟母親討論了，因為到最後的結果還是不會改變，那不如先斬後奏。

10.

我坐在公司廁所裡的馬桶上，看著碎花小包包裡的衛生棉，思忖著自己的生理期一直沒有報到，母親遲早會發現我懷孕的事情，且我一直沒有機會可以跟他量一下這件事，因為他好像真的生了我的氣，都不太理我了，不過沒關係，等他知道我懷上他的孩子一定會原諒我的。

要是母親懷疑起來，一定會發生很多不必要的衝突，甚至母親很有可能會強迫我把孩子拿掉。在確定與他步入禮堂之前，必須想個法子蒙混過關。

我看著豎立在筆筒裡的鋼筆，心中閃過一個念頭。

我拿著鋼筆走進廁所，脫下內褲，拿起鋼筆戳刺了我的外陰部，但又不敢戳得太深，因為怕會傷害到我親愛的孩子。傷口流出了鮮血，頓時感到頭暈目眩，卻又不敢叫出聲怕會引人側目，只好坐在馬桶上好一陣子，等暈眩的感覺過去。

墊好衛生棉，穿上褲子，撐著牆壁緩緩地站起來，步履蹣跚地走出廁所的隔間，只要每走一步路，傷口就會被摩擦一次，痛得我臉色發白。但為了肚裡的孩子，受這麼一點傷算得上什麼？我與他的孩子很快就會出生了，我就要跟他一起共組美滿的家庭了，我不斷在心裡羅織著幸福的美夢，才能忍受這一陣又一陣的疼痛。

回到家，準備洗澡時，我故意把沾了鮮血的衛生棉丟在洗手間垃圾桶裡最顯眼的地方，穿好衣服走出浴室，一陣想吐的感覺又讓我更難受了，好似在提醒著我為母則強，我一定可以通過這次的考驗，順利生下這個孩子，與他共創美滿的家庭。

洗完澡，我站在浴室外頭的鏡子前吹著頭髮，不一會兒母親果然就鑽進浴室裡。我透過鏡子的倒影看見母親正在翻找著垃圾桶，果然當天晚上熬了紅豆湯，那是每次生理期母親都會替我準備的，即使我超討厭豆類的味道，母親都還是會勸我喝下，說這是為我好。

但這次我沒有討價還價，我喝著甜甜粉粉的紅豆湯，我知道自己總算是騙過了母親，懸在心上的大石頭才落地。

11.

這幾天我完全沒有心思到圖書館或者補習班準備考試，想的只有我與他還有我肚子裡的孩子，光是想像我們三人幸福的模樣就坐立難安，恨不得祂現在就出生。我希望祂會是個男孩，因為人總是說女兒是父親上輩子的情人，我不要有人來取代我在他心中的地位，他還是要多愛我一點才可以。我們的孩子會長得像他還是像我多一點？不管這孩子像誰都好，最好有他那溫柔的性格。

我去了一趟百貨公司，站在婦嬰用專櫃的樓層看著那些精緻的嬰兒用品、孕婦裝，想像自己的肚子漸漸大起來以後會怎麼樣？小baby的衣服真的都好可愛，令人愛不釋手，還有那些奶瓶、奶嘴，都是不久以後可以用得上的。

但嬰兒用品雖然看起來都小小一件，一翻吊牌簡直讓我大吃一驚，價格甚至比一般女裝專櫃的衣服還要昂貴，我的身上又沒有現金，提款卡與存款簿都是母親在保管，就算想要買也沒有錢。

看了價格，打消把這些可愛的東西拿去結帳的念頭時，專櫃小姐突然湊上來，親切地說：

「請問有看到喜歡的東西嗎？是想要自用還是送人呢？」

我撫著還是很平坦的小腹，微笑著說：

「是自己要用。」

「真是恭喜啊，您一定很期待吧？」

是啊，我已經等不及這個孩子出生，讓祂穿上我為祂買的衣服，我與我肚子裡的孩子，將要與他組成一個不管是誰都會很羡慕的家庭，光是想到這一點，我就激動得快要熱淚盈眶。

「現在正在做品牌的特惠，滿額就直接打折，買越多就省越多喔，而且妳剛剛看的那件小baby的包屁衣是母嬰裝，還有媽媽跟爸爸穿的款式呢，要不試試看？」

專櫃小姐從別的架子上拿出一模一樣花色的連身洋裝催促我去試試看。穿上與寶寶同款的洋裝，站在鏡子前，我忍不住幻想當我跟他的寶寶穿著一模一樣的衣服，跟他手牽手，一起推著嬰兒車去散步，那個畫面一定很幸福。

但為了讓他親眼看見那個幸福的畫面，我毫不猶豫地就決定買下，但是我的錢包裡只有母親昨天晚上給我的一千元，原本打算下次再來買，專櫃小姐說這是熱銷款，說不定很快就會沒有size，如果有喜歡的話最好馬上入手，若是現金不足也可以付一點訂金，她會幫我保留，於是我付了一千元訂金，滿心期待著我跟寶寶還有他一起穿上這件衣服的那一天。

隔天早上我趁母親在廚房裡準備早餐，偷偷從母親的梳妝台底下的小盒子找到我的存款簿與提款卡，偷偷領現金把昨天下訂的母嬰裝買回。

正當我懷抱著對未來的想像，心滿意足地拎著育嬰用品的紙袋，赫然發現K站在專櫃外面看著寶寶的東西。

就在我思索著要怎麼辦時，K抬起頭看見了我，對我露出微笑，我慌張地向她點點頭，趕緊離開專櫃，但她卻跟了上來，與我搭上同一班電梯，突然在我耳邊說：

「這個嬰兒用品的牌子很有名欸。」

我緊緊拽著紙袋瑟縮在電梯的角落。「嗯……。」

「我最近也在看嬰兒用品呢，覺得真的好可愛喔，但一件寶寶的衣服居然跟成人專櫃品牌的差不多價錢，還只能穿幾個月就不能穿，就下不了手了。」

K說完了這些話，電梯門開啟，她出了電梯去其他樓層。

難道她也懷孕了？

那個孩子會是誰的？又想起他與K時常親密的在一起有說有笑，完全不怕別人側目的模樣，該不會K肚子裡的小孩也是他的吧？而且上次K說她也有一模一樣的口紅，只是不知道丟去了哪，該不會他車上的口紅就是K的？

K又為什麼要故意對我說出這些話？難道她其實早就知道我與他在一起，所以要來示威，好告訴我，他們其實有一腿，而且她也懷上了他的小孩，要向我宣戰？

以為這樣就可以擊退我嗎？妳太小看了我的愛，也太小看即將成為母親的我的決心。就算真是如此，我也不會輕易放手。

12.

我特別在意K的一舉一動，發現她不僅跟他看起來很親密，幾乎跟辦公室裡所有的男同事都是一樣，說話的時候會直勾勾地盯著別人的眼睛，笑的時候會拍別人的肩膀，還毫不在意的勾肩搭背開著玩笑，這樣的女人有什麼資格喜歡他？

為了懲罰她，在幫忙準備會議時，我故意在她的咖啡裡丟了一點點菸灰，看著她毫無察覺的喝著我特別為她訂製的咖啡而偷偷竊喜；把她要快遞寄送給客戶的文件偷偷從集中收件的籃子裡抽出，讓她被客戶與上司責罵。故意在她上廁所的時候用拖把頂在門的外面，讓她被關了半個多小時才出來。我為惡整她而感到狂喜，甚至有了想要窺探她的慾望。

下班後我跟蹤K，她一邊講電話一邊走向捷運站，我與她保持距離，她對著電話那一頭的人有說有笑，她到底是在跟誰通話？會是他嗎？

捷運到站，她緩緩地走向車門，我也在車廂的另一個車門下了車，她走出捷運站約莫五分鐘，走進了一棟大樓。這裡會是她的家嗎？他也曾經來過這個地方嗎？

第二天，K下班後去了一趟書店，逛一圈後沒有購買任何書就離去，我想她應該只是進來殺時間的。接著就到書店附近的餐廳用餐，我在餐廳外頭等她，大約一個多小時，K與一位有一點年紀的男性一起走出餐廳，兩個人在餐廳的門口道別後各自離去，她又拿出手機不知道打給誰，徒步走向一間位在地下室的酒吧，不久之後跟另一名男性搭計程車一同離開。

原來她不只是跟他看似親密，還跟其他不同的男人曖昧不明，這樣的女人怎麼配得上他？

第三天下班時她依舊走向捷運站，搭上捷運，在同一站下車，走出捷運站後卻發現她消失在我的視線中。

我按照著前幾天走過的路線，快步穿越公園，K突然從我的身後出現，對我說：

「妳在跟蹤我嗎？」

我轉過頭看見她在暗處等待著我，慌張地不知道應該要否認還是直接了當地承認，她的臉上浮現了一抹嘲弄的微笑。

「妳已經跟蹤我好幾天了吧？妳到底想要幹嘛？還有快遞跟被關在廁所裡的事情，也都是妳做的吧？我是哪裡得罪妳了？妳為什麼要這樣整我？」
她逼得我一步步後退，我無法直視她那張討厭的臉。
「我、我只是想要知道妳跟『他』到底是什麼關係？」
「我跟『他』是什麼關係需要跟妳報備嗎？」
「我、我……。」
「妳真的像他說得一樣，會做出很奇怪的事情。怪不得他現在很怕妳，處處躲著妳。」
「妳、妳胡說，不是這樣的……。」
原來他在刻意躲避我？他不喜歡我了嗎？都是因為她，所以他不要我了嗎？他怎麼能夠這樣？我的肚子裡，已經有了他的骨肉，是我們愛的證據。
「同為女人我也是很同情妳的，但我勸妳放棄吧，以妳這個樣子，不管是什麼樣的男人都會被妳給嚇跑。」
「閉嘴！妳胡說！」
要是沒有她就好了！他就是我一個人的了，我要殺了這個女人！

我衝上前去想要撕爛她亂說話的嘴卻撲了個空，狼狽地倒臥在地上，她用睥睨的眼神看著我，就算她沒有發出笑聲，我也知道她一定是在嘲笑我。她走向我，對我伸出手，我撥開了她的手抱著頭竄逃，但無論我如何奔跑，她那張帶著勝利者微笑的表情都揮之不去。

13.

當我醒來，發現自己躺在床上，我不知道自己是怎麼回到家的，我甚至懷疑昨天晚上所發生的事情只是一場夢，但我低頭看見手心裡的擦傷，那是昨夜我撲向K時，跌倒在地上造成的，還在隱隱作痛。

我走出房間，眼前的事物一如往常，母親在廚房裡替我準備早餐。

「妳的臉色好差，是不是身體不舒服？要不要請個假在家休息。」

「不、不用了，只是沒睡好，不礙事。」

其實我很不想去上班，搞不好K已經把我跟蹤她以及做過的事情都傳進了他的耳朵裡，甚至傳遍整個公司了。或許是因為這個孩子在我的身體裡，讓我產生極大的不適，我一直感到頭暈想吐，但我又不想要待在家，因為我不想二十四個小時都待在母親的眼皮下，只好硬撐著虛弱的身體去上班，正想著會不會面對所有人異樣的眼光，一進公司就聽見大家在討論著。

「欸，你知不知道業務部的K昨天晚上出事了，在自己家附近被車子迎面撞上，受了重傷。」

「太可怕了吧？那她人有沒有事啊？」

「聽說命是撿回來了，還沒有脫離危險期，目前還在加護病房裡。」

「阿密陀佛，真是太可怕了。」

聽見這些訊息，我開心地躲進廁所的隔間，坐在馬桶上摀著嘴巴才能掩住我狂喜的笑聲。

真是太好了！但是怎麼沒有撞死她！

我在心裡竊喜，果然是上天有眼，懲罰了這個壞心腸的女人，她才不配跟他在一起，她對他才沒有那種純粹炙熱的愛，只有我才可以跟他在一起，誰都不能把他從我的手中搶走。

但是她又怎麼會無故被撞？

我低頭看著自己的手，最想殺掉她的人是我啊，難道這件事情會是我做的嗎？可是我為什麼一點記憶都沒有，就像是小時候的那些回憶，全都像是被偷走了一般，我不想要的那些記憶，就會消失在我的腦袋瓜子裡？

不過有什麼辦法呢？因為我是殺人犯的女兒啊，我的身體裡流淌著的，是殺人犯的血液，而且殺了她，也只是剛剛好而已，不是嗎？

排除了所有障礙，是時候告訴他我懷孕的事情了，但這幾天就算傳訊息給他，也幾乎都不回覆，我不斷告訴自己應該是他太忙了，所以才沒辦法回覆訊息。

於是我掏出手機，傳訊息說有急事要跟他私下聊聊，訊息一直都沒有出現已讀，我該不會是被他封鎖了？

難道他真的像K所說的，是在故意疏遠我嗎？不會的，他不可能這樣，一定是那個女人在胡說八道。

現在是下午一點五十分，我知道業務部門兩點要做一個很重要的簡報，他的菸癮很大，一定會在進會議室前先去抽菸，我走向電梯口，著急按著扭，電梯門一打開，當初引薦我進公司的李課長迎面走出來，見到我劈頭就問。

「妳身體還好吧？怎麼看起來臉色這麼蒼白，是不是生病了？妳媽媽很擔心妳，要我多注意妳一下。」

不行，要是李課長知道我懷孕了，就等於母親也知道我懷孕了，現在絕對不可以被他們發現。

「我沒事……。」我下意識按著肚子，退後了好幾步。

「妳的臉色很難看，要不要去看醫生？」

李課長又向我追進了一步，我撫著肚子對他大叫：

「不要靠近我！」

所有人都被我的吼叫聲嚇了一跳，包括李課長。我慌張地閃進樓梯間，匆匆地爬了好幾層樓，看見他站在走廊盡頭的吸菸區，一邊抽菸一邊跟同事有說有笑。我撥了電話，他看了手機一眼，擰了下眉頭後按下拒絕接通，把手機收進口袋中，繼續跟同事聊天。

大家抽完菸各自離開吸菸區，他捻熄菸後走進廁所，為了想要得到他的回應，我硬著頭皮也闖進了男廁。

「為什麼不接我電話？」

那時正在洗手台前洗手的他，從鏡中的倒影裡看見了我，驚愕地轉過頭。

站在小便斗前的其他男同事也被我突如其來的闖入嚇了一跳，縮著身子不知如何是好。

他拉著我離開了男廁，把我推進樓梯間，重重摔上了門。

「妳知道妳自己在做什麼嗎？那裡是男廁，妳會嚇到別人，妳不可以進去那個地方，妳不知道嗎？」

「你為什麼不回覆我的訊息也不接電話？是我做錯了什麼？你告訴我，我會改。」

「我現在沒有空跟妳說這些，有話晚一點再說，下班以後到老地方等我。」

我無心繼續工作也沒有回到辦公室，天空突然下起一陣大雨，從公司走到跟他約定好的便利商店時已經淋了一身濕。便利商店裡的冷氣強勁，全身溼透的我一直發抖，就算喝著便利商店的熱飲料還是覺得冷得刺骨。

過了好久好久，似乎有一輩子這麼長，他的車子終於出現在對面，對坐在便利商店裡面的我按了聲喇叭。

我冒著雨衝過馬路上了車，他將車停在一處露天的停車場，雨刷與車子臨時停車指示燈的聲音讓我不禁心跳加速。

他將車窗搖下一點點，點了一根菸，車內瀰漫著菸味，不知是不是懷孕的緣故，最近我對氣味特別的敏感，我感到一陣暈眩。

我瑟縮著身體，聲音顫抖地說著，他非但沒有露出憐惜的神色，還一臉不耐煩地嘆了一口氣。

「我有話要對妳說。」

「我也有話要跟你說，但你先說吧。」

他吸了一口菸，像是在心裡下了什麼決定，把菸頭彈出了車窗外。「我們不要再連絡了。」

「為什麼？我到底做錯了什麼？」

他揉著太陽穴。「我實在受夠了妳老是這個樣子，妳讓我覺得壓力很大。就像剛才，妳怎麼可以跑進男廁裡面，妳知不知道這樣會嚇到人？」

「那是因為你都不理我，所以我只能這樣了啊。你要我做什麼都可以，請不要離開我，不要不管我。」

我哭著抓著他的手，他卻一臉厭惡的甩開了，我從前在他溫柔的臉上看過這種表情。

「那是不可能的，我已經不能再容忍妳的反覆無常了，時時刻刻關注著妳的心情了。」

「不是的，我所說的都是真的，你為什麼不相信我？你不可以離開我、不可以……我懷孕了啊，我懷了你的孩子。」我抓著他的手放在自己的肚子上。

「什麼？」他一臉不可置信的表情看著我，甩開了我的手。「妳鬧夠了沒？」

他臉上的表情是震驚而不是喜悅，讓我比起失望更是傷心。

「你不要我，不要我肚子裡的孩子嗎？」

「妳瘋了嗎？我要妳現在就離開，永遠都不要出現在我的面前！」

他用我從來都沒有見過的表情對著我的臉大吼。我嚇得眼淚不停滾出眼眶，卻不敢發出任何聲響，如驚弓之鳥般，生怕再有任何動作都會惹得他厭棄。

他下了車，繞過車頭，打開副駕駛座的車門，想要把我拖出車外，我用力掙扎，緊緊抓著手把，還是不敵他的力量，被他拖出車重重摔在濕冷的地上。

「不要，求求你不要離開我……。」

他不顧我的請求上了車，我用力拍著車門，他仍不顧我的苦苦哀求，將車子駛離我的眼前。

「不要走！」

我追著他的車跑出停車場，但他始終不曾為了我停下，直到我跑不動，蹲在下著雨的路邊哭泣，我不知道模糊了雙眼的到底是眼淚還是雨水。

我突然感覺到腹部一陣疼痛，我低頭一看，鮮紅的血液順著我的大腿內側流到了膝蓋，一股血腥味充斥著鼻腔……。

為何我的人生會是這樣？是被鎖在高塔上的我，太渴望自由，也太渴望愛情，所以才會將他嚇跑嗎？我只是想要被所愛的那個人擁抱而已啊。

我按著疼痛不已的肚子，在大雨中哭泣。

為了導正這個錯誤，我下了一個決定……。

母親的故事

我曾經跟幾個人說過這樣的想法，但大部分的人都不能理解，說是不是我做錯了什麼，所以母親才會那樣對我？是不是我曲解了母親的愛，或許母親會對我這麼嚴厲，是愛之深責之切，有哪一個母親會像我形容的這樣對待自己的孩子？

他們不懂，是因為他們的媽媽很愛他們，但我的母親不一樣，我甚至不覺得她不只是不知道要怎麼愛我而已，她痛恨我，說是因為生下了我，所以毀了她的人生。

就算我盡量安分守己，不在她的面前做出任何讓她有機會教訓我的事情，但她還是會看著我的臉，冷不防的說：為什麼妳長了一張讓人討厭的臉？讓人看了就生氣。為什麼我要生下妳？連我都討厭妳了，根本就沒有人會愛妳。直到現在她的話都還深深烙印在我的心中，時不時會在我的耳邊響起讓我措手不及，我真的相信就像她說的一樣，永遠不會有人愛我。讓我真的認為我是一個不值得被善待的人，即使別人再怎麼欺負我，我也不會默默的承受。所以我想，沒有被愛過的我，也是一個不懂得怎麼愛別人的人吧？是她讓我變成了一個連要怎麼愛別人都不懂的女人吧？否則不會發生這樣的事情不是嗎？我真不懂像是這樣的人為什麼要成為母親？我真不懂這樣的人有什麼資格可以成為母親？

我曾經發誓絕對不要變成像她一樣的媽媽，但我居然餓死了我自己的孩子……怎麼會這樣？而且那時真的有一個聲音在我耳邊，催促著我要我殺了那個孩子，可是相信我，傷害他們都不是我的本意啊……。

我發誓過，不能重蹈她的覆轍，要當一個好媽媽的啊。

第四部　輪迴

「他」

我不會說自己是什麼正人君子，也曾經有過腳踏兩條船、被對方罵是渣男的紀錄。也許是我的個性問題，我就是不敢直接了當地拒絕別人，我想這也許跟我的家庭生活與成長背景有關吧。

父親是個嚴肅的人，在我的記憶中我們幾乎不怎麼交談，只要我不順從或做錯了什麼事，父親也不會開口罵我，而是責怪母親沒有把我教好，然後母親就會皺眉頭苦著一張臉，看著我嘆氣，以為是自己哪裡做不好、不聽她的話，所以她被父親責怪，這樣的表情總是能勾起我的愧疚感。考試沒考好，母親皺眉嘆氣，隔天我會更加努力；不喜歡吃青菜，母親皺眉嘆氣，我就放進嘴裡；討厭鄰居的大嬸，因為她老是在說人閒話，母親皺眉，我就自動跟她打招呼；大學時明明很想要念與設計或藝術相關的科系，母親眉一皺，我放棄了夢想。所以即使不喜歡、不願意，只要母親露出那有點卑微、可憐兮兮，卻又像是在命令我的表情，我就很難拒絕，因為我無法承受別人失望的表情。

所以當有更喜歡的人出現，我沒有開口告訴正在交往的女朋友說我已經愛上別人了，就只好同時跟兩個女人來往，直到對方自己發現了為止，才結束了有名無實的愛情。但是這次不一樣，我發誓真的沒有欺騙過她的感情。

你們為什麼都聽不懂我說的話？我再說一次，我跟她真的沒有所謂的感情糾葛，我們根本沒有在交往，是她自己覺得我們在交往，但事實上根本就不是這樣。

你說我為什麼私底下跟她往來？在她的手機裡也有很多訊息與紀錄，而自殺前最後一個訊息是傳給我。

我不否認我跟她偶爾會私下見面，也會跟她互傳簡訊，但那都是她先主動傳給我，基於禮貌所以我才會回覆個一兩句，總不能別人一直傳訊息給我，然後我都不看不回吧？你會這個樣子嗎？

好吧，或許我真的應該這樣才對，就不會發生這麼多事了。也許一開始我確實對她抱著一點點的好感，但那大多是一種好奇心使然，心想怎麼會有一個人居然與這個世界如此格格不入，真是太不可思議了。我有聽到與她同部門的人說起她的母親，心想到底是怎麼樣的母親，才有辦法把一個女孩養育成這樣的人？或許是抱著一種獵奇的心態而接近她。

但是越跟她相處，就越覺得她這個人好奇怪，她真的好黏人，訊息一沒有馬上回覆就會不停的傳「你怎麼了？」「忙嗎？」「是不是心情不好？」不然就是直接打電話來了，但有時我是真的忙到空不出手回覆啊，所以有了想要疏遠她的念頭，開始故意拖很久才回覆她的訊息，希望她自己知道這是什麼意思，就不會一直來煩我，沒想到她居然在我們聚餐的時候一直在外面等著我、站在我面前打電話給我，你不覺得真的太可怕了嗎？嚇得我全身汗毛都豎起來了，說真的她要是哪一天拿著刀子衝到我面前要殺我，我都不會感到太意外。

最後那一次，她變本加厲衝進男廁裡堵我，把當時在男廁裡的人都嚇壞了，所以我才會勉強答應跟她見最後一次面。

當時在廁所裡的人都可以幫我作證，她像神經病一樣歇斯底里。試問有哪一個正常的女人會跑到男廁裡，當著所有人面前大鬧的？而且從我們互傳的訊息裡，應該可以看得出來我其實沒有很想理她吧？結果當天晚上就發生了這種事情……。

我真的是好心被狗咬了，一開始我只是覺得她看起來很可憐、很孤獨的模樣，總是坐在員工休息區的最角落吃便當，而且還是用有粉紅色兔子的袋子和便當盒裝著的。我心裡就想，到底是誰到這把年紀了，居然還會用這種給小學生使用的餐具來吃飯？她說那是她媽媽為她準備的，因為當媽的都很愛亂操心，我自己的母親也是這樣，老是嚷著外面的食物有多貴、不健康、放了很多添加物還有調味料，好像吃一兩次就會要你的命……那種煩死人的方式過度保護孩子，小時候我們會順從，但長大了就知道，哪些時候只需要敷衍過去就好，自己斟酌著要不要理會。

但是我不知道她的母親到底都是怎麼養育她的，造就了一個不食人間煙火的公主。我沒有見過她的母親，所以也不知道事實是怎麼樣，因為你知道的，現實與別人形容的永遠都會有落差。她口中所說的母親根本就是個變態的控制狂，企圖操弄她的人生，造就了她悲觀又畏畏縮縮的性格……以上這些全都是她有意無意透露給我的訊息。我覺得她有點可憐，所以不好意思拒絕她，但久了以後真的會覺得她是不是在裝可憐博取別人的同情？

我鼓勵她應該要學會替自己的人生做主，雖然現在我也不太確定她說的話是不是都是真的，還是她母親如控制狂般的行徑也都只是她的幻想？

她在公司的職位聽說是她的母親幫忙找的，她的同事說，她來上班的第一天，她的母親還陪她來，先跟她的主管李課長打過招呼以後，一一送上小禮物，向同事們介紹她是從今天起要跟他們一起共事的人，請大家多多關照。她的母親還跟同事和上司說，她現在正在報考公職，每天都要上補習班還要念書，所以請大家不要給她太多工作，讓她太勞累就不能專心準備考試，也盡可能地讓她可以準時下班，因為下了班她還要去補習……。

據說同事們嚇得下巴都要掉下來了，怎麼有人上班的第一天居然還是媽媽陪同，而且還說出這些讓人傻眼的話？這裡可是真槍實彈的職場，而不是她大小姐愛來不來的夏令營，大部分的人看見同事還在忙著，至少也會客套的問一聲需不需要幫忙，但她真的下班時間一到就拍拍屁股走人，完全不會幫忙還在加班的同事，大家都知道她是李課長引薦進來的人，所以也敢怒不敢言。她媽媽也時常在私底下打電話到她的部門，故意打到別人的分機，問她的同事，她今天的狀況如何？有沒有準時上班？吃過午飯了嗎？簡直就被當成安親班老師，時時刻刻都要看顧著她，同事們都很害怕接到她媽媽的電話，只要看見熟悉的號碼都會推三阻四不想去接，因為誰接了誰倒楣。

當然這也就是造成她被孤立的原因吧。你可以去她的部門問問看，大家私底下都叫她「公主」，身上總是穿著有蕾絲花邊的洋裝，過腰的長髮綁著看起來有點土氣的麻花辮，大家也不太想要私下跟她往來，除了工作上的事情也盡量不跟她交談，同事下班後約聚餐也很自動跳過她，團購的時候也不會把表單寄給她，就連吃飯時她都自己一個人坐在角落，吃著媽媽為她準備的便當。我真的是看她可憐，所以才不好意思拒絕她。

後來才發現她不是在說謊就是個神經病，她闖進男廁裡歇斯底里地質問我為什麼不回覆她的訊息的時候，我是不想丟臉給全公司的人看，所以才跟她約了下班以後再談。結果她居然說她已經懷了我孩子，還指控Kelly跟我有一腿，都是因為Kelly懷了我的小孩所以我就拋棄了她？真是天大的冤枉！

說到Kelly，我就想到那天Kelly在家附近被車子撞，我有去醫院探望她，到現在她都還很害怕，甚至有輕微憂鬱症與被害妄想症的傾向，整天神經兮兮的，一直說她覺得有人要殺她，她很肯定的說，那天她會被車撞，不是她精神不濟所以跌到馬路上被撞，而是有人動手推了她一把。警察也有來做筆錄，但附近沒有監視器拍到。從撞到Kelly的人的筆錄裡說，Kelly是突然就摔到車子前面，駕駛人煞車不及才撞上了她。我甚至懷疑是她動手把Kelly推到馬路上，害得Kelly全身好幾處骨折，連門牙都摔斷了。

為什麼這樣推測？因為聽Kelly說，她被撞到的稍早前，周佳嘉曾經跟蹤她，還一直質問Kelly跟我到底是什麼關係？

其實Kelly早就懷疑會不會是周佳嘉一直在她背後使小手段，但苦無證據也無法拿她怎麼樣。明明親自將寄送給客戶的文件放在快遞集中收件的籃子中，卻不知為什麼出現在垃圾桶裡；Kelly被一支卡在門把上的拖把給關在廁所裡，廁所外頭還放著正在打掃的牌子，所以沒有人發現有人被困在裡面，Kelly的手機放在辦公桌上沒辦法求救，直到清潔公司的阿姨發現才救她出來。

一開始我也不相信，周佳嘉到底有什麼理由要整她？我問Kelly到底跟周佳嘉有什麼恩怨？Kelly說她不記得自己哪裡得罪過她，只記得自己曾經在百貨公司的嬰兒用品專櫃碰到她，當時Kelly也沒有想太多，隨口說了一句這個品牌的東西好貴，從那一天開始各種怪事都發生了。

拼湊其他的線索，我猜想，周佳嘉一定是以為Kelly懷孕了，然後還胡思亂想Kelly懷了我的孩子，所以才會一直針對Kelly，甚至動手把她推去撞車。但Kelly說因為有個朋友生孩子，想要給朋友送賀禮所以到百貨公司看看，赫然發現嬰兒用品居然這麼貴，所以果斷決定買兩串尿布當禮物，剛好看見周佳嘉居然在逛嬰兒用品，而隨口說出這句話而已。

唯一不幸中的大幸是Kelly已經度過了危險期，要不然為了她對我的妄想而又損害一條人命，可真的就是罪過了。

你還是不相信我說的話？你到底要我說得多直白？

我從來都沒有跟她上過床，連她的手指頭都沒有碰過……不對，我們接吻過，但那是她自己主動親我的，我被她嚇了一大跳，之後就一直疏遠著她，刻意要跟她保持距離，所以她怎麼可能懷上我的孩子？而驗傷報告也證實了她跌下陽台的時候正值生理期，她根本就沒有懷孕，還不足以說明她就是個妄想症的神經病嗎？

她常說她媽媽控制著她的人生已經到了病態的地步，不僅從小都不肯按照她的意願讓她選擇學校、不讓她談戀愛，現在就連工作都必須按照她母親的規劃，讓她覺得很痛苦，甚至有了想要自殺的念頭。

而且她還越說越離譜，說她媽媽是殺人兇手，殺了兩個小孩。「殺嬰魔女」的事件在十幾年前可是轟動全國的大新聞，我媽每天看電視新聞都皺著眉頭，自言自語地說怎麼會有媽媽餓死自己的孩子？但倒是可以理解那個女人因為忌妒所以殺掉小嬸的孩子的衝動，因為母親從年輕時就一直跟妯娌相處不好，時常說奶奶大小眼比較疼嬸嬸的長子，所以我對這件事情還留著深刻的印象。基於好奇所以我也上網查了一下，但後來發現，那個殺害兩個小嬰兒的女人在判決出爐以前就在看守所中自殺身亡了，怎麼可能會是禁錮她、控制她的母親？現在想想，這搞不好都是她為了博取別人的注意，才故意編造一個悲劇的人生。

但我真的很遺憾她想不開而跳樓自殺，但最後撿回了一命，雖然她也帶給我很多的困擾，但我希望她能過度這次的難關好起來。

母親的受害者

踏出女子看守所時，天空突然下起了一陣大雨，唯有在這個時候我才會想起別人每次都嘲笑我，有台車多方便，又不是真的窮到買不起車，幹嘛要省這種錢？

但我很喜歡搭乘公共交通工具，因為那是觀察別人的好時機，戴著耳機滿臉疲憊的上班族，滿臉欣喜在傳著訊息的女大生，總是喜歡站在車門邊滑著手機的人，明明眼前就有一個空位卻不願意坐下的銀髮族，所以周遭的人也不敢去坐那個位置的有趣畫面……看著身旁的陌生人，我就會想像他們要去哪裡？要跟誰見面？今天過得怎麼樣？種種因素造就他此時此刻的或喜或悲。

由於現在的雨實在是下得太大了，我只好攔了一輛計程車，其實坐計程車也好，是刺激景氣的一種方式，辛苦的計程車司機則是由我們付出的車資來養一個家庭，說不定他的家中有嗷嗷待哺的孩子等著他辛勤賺錢把他們養大成人，孩子是未來的希望，這些孩子將會成為對這個世界有貢獻的人，他們或許會變成找到根治癌症方法的醫生，或者是一個偉大的革命者，改變了全人類的未來。光是想起這世界上環環相扣的一切，就覺得付出這些車資是值得的。

這場突如其來的大雨讓想要坐計程車的人更多了，一輛輛亮著「滿客」燈示的計程車在我面前疾駛而過，我站在馬路邊快要十分鐘才叫到一輛車，但我身上的深灰色套裝已經濕了，就連腳上的膚色絲襪都因為沾上雨水貼在皮膚上，讓我不自覺地打了一個噴嚏，狼狽地在包包裡尋找任何可以吸水的物品。

「請用這個吧。」計程車司機從前座遞了一盒加油站贈送的面紙給我，大約是從後照鏡裡看見我翻找包包的模樣。「盡量用，請不要客氣。」

我感激地點點頭，脫下高跟鞋，用紙質有些粗糙的面紙把絲襪上的水吸乾。

計程車司機是一位年約五十歲上下的大姊，開始與我閒聊。

「您剛剛是去探望親人嗎？」

「不，我是心理師，受委託來與一個嫌疑人見面。」

「殺了人就嚷著自己心理有病，都是那些犯罪者想要脫罪推託的藉口，只要自己其實有精神疾病就會被從輕量刑，然後沒關幾年就會被放出來繼續危害社會，然後再度犯案那還得了？」

我從後照鏡中看見司機大姊的表情似乎有些不以為然，大概也就是想著這些做過壞事的人是罪有應得，哪裡還需要浪費社會的資源？不就把他們全都判處死刑，才是對國家社會最有保障的方式。

我又想到剛剛會談的個案，是一個現年三十出頭歲的女性，育有兩個女兒，大女兒已經念小學，最小的女兒才滿月沒有多久。她涉嫌摔死了住在同一個屋簷下的小嬸的兒子，疏於照顧也讓自己的親生女兒活活餓死了，並與屍體共處一室超過了一個星期，當警方破門而入時，她失神地坐在床上抱著幼女的屍體，屍體都已經腐爛長蛆，發出濃濃的惡臭。

當這個案件發生時，電視不停地在報導這則駭人聽聞的新聞，報紙與電視新聞將嫌疑人的臉打上馬賽克，銬上手銬被女警一左一右的戒護走向警車，記者撥開人群把麥克風塞近她的臉，問她為什麼要殺掉兩個孩子的畫面還歷歷在目。

媒體還給了她一個響亮的稱號，叫做「殺嬰魔女」。

她疑似與小嬸相處不睦，又忌妒婆婆比較關愛生下男孩的小嬸，因而痛下殺手，新聞媒體毫不留情地用一連串的報導將這個女人誅伐了一頓，彷彿恨不得殺之而後快，甚至像是扒糞一樣，採訪了小學同學，還挖出她的原生家庭，問這些她已經許久都沒有聯絡的人，是否她小時候就呈現這樣反社會的人格。

還記得那時某個談話性節目一連好幾天邀請來自各界的來賓來談，為什麼會有一個母親狠心摔死了一個無辜的嬰兒，還讓自己的女兒活活餓死？

節目邀請了一個剛剛成為母親的女藝人，在鏡頭前面掩面哭泣、泣不成聲，有好幾次都要主持人遞衛生紙給她，卻都還可以維持完美的妝容。她說，身為一個母親，她連聽見孩子的哭聲都會感到揪心，無法理解怎麼有媽媽會狠心餓死自己懷胎十月生下的小孩；每個孩子都像天使一樣天真又可愛，又怎麼有人會對一個完全沒有抵抗能力的小孩下毒手？這個女人一定是個心狠手辣的惡魔，不配成為人母，希望法官可以從重量刑，才可以給這兩個孩子一個公道，以匡正社會的風氣。

就連她的丈夫都在媒體連日的追問下，聲嘶力竭地哭著下跪，向這個社會、他弟弟、弟媳與母親請求原諒，他不知道自己的妻子怎麼會做出這麼泯滅人性的惡事，並且希望法官可以判他的妻子死刑，所有人都認為這個殺了兩個孩子的女人是罪有應得，當然這樣的案件在社會輿論一面倒的壓力之下，也一定很快就會定讞，根本沒有人在乎嫌疑犯是否真的精神異常。

其實手中已經有許多個案要輔導的我，一點都不想要接下這個充滿爭議的案子，希望這個燙手山芋可以轉給其他心理師，但還是在上司的說服之下決定先見見她本人再說。

還記得第一次見她，她雙手雙腳都靠著腳鐐手銬，穿著看守所灰色的運動服，把頭髮剪到耳垂下三公分。她一直低垂著頭不說話，頭髮掩蓋著她的面容，我心想這個瘦小得風一吹就會支離破碎的女人，居然會是殺害兩個小孩的兇手，當她抬起頭的時候我驚呆了，因為有一度以為在我面前的人是林郁涵。

管理員說，自從收押後，她就一直很沉靜，不惹事也不跟任何人往來，總是靜靜地待在角落，其他的受刑人也帶著異樣的眼光看她，因為她是對兩個無辜的小生命痛下殺手的女人，在裡頭自然也受到了其他受刑人的欺負，所以讓她的精神狀態變得更加糟糕。

我還以為我會花很多時間在突破她的心房，讓她開口對我說些什麼。在翻閱筆記本時，女兒在萬聖節扮成小精靈的照片掉了出來，她緩慢地蹲低了身子，用帶著手銬的手撿起了那張照片看了一眼後，向我說了一個故事，是安徒生童話裡的《母親的故事》。

她說，所有的母親，都要用生命愛著自己的孩子。

我很訝異這句話會從一個涉嫌殺害兩個小孩的嫌疑犯口中說出。母愛是古今中外不停用可歌可泣的故事包裝的偉大題材，但事實是如此嗎？

在我有記憶以來，我那任性的母親，從來不曾養育我，不曾為我添衣取暖，把我當成麻煩丟給外公外婆，雖然外公外婆沒有虐待我，但也絕對沒有給我豐厚的物質與精神生活。

我的外公年邁、外婆智能不足，以撿垃圾維生，屬於這個社會的低端人口，所以他們就算有心也無力教育我、幫助我成長，但正值年輕力壯的母親，卻毫不猶豫地把我丟給這兩位連照顧好自己都很勉強的長者。

人說孩子是母親身體裡掉下的一塊肉，所以母親天生就與孩子有著密不可分的連結，但我一直都無法肯定這個說法。

我的親生母親從來都不曾為了我而妥協任何事情，恣意妄為，從年輕的時候，她世界的中心是一個又一個男人，從來都不是我，愛情永遠比孩子還要重要，到了現在已經年逾半百，我們的關係才變得比較和緩一點。

我想多半是我的心境改變了吧？我不再帶著對「母親」這個角色的期待看她，只把她當成一個剛好與我有血緣關係的女人看待，就不會有那麼多憤恨不平。雖然她現在仍然只會跟在男人的屁股後面打轉，每次主動來連絡我的時候，唯一的話題也只有向我借錢，就連我在大學時為了賺取生活費，趕著打工而出車禍的時候，她關注的不是我的傷勢，而是對方會給我多少賠償金。

當時我覺得母親冷酷無情而失望憤怒，怎麼會這樣對待自己的親生女兒。但對她而言，或許我就是個突然闖進她生命中，並且讓她的人生發生劇烈變化的一個意外，她在毫無預警與知識的情況下懷了我，成為生理與法律上的母親，但她的心理從未真正接納自己成為母親的事實。

我猜想有的時候，是環境逼迫女人成為母親，並不是我們想要成為一個母親。

心理師有時要從背後那些盤根錯節的原因去探究，於是我開始調查那個嫌犯的原生家庭，去尋找她所說的那個崩壞的母親，資料上的那個名字，就是林郁涵。

我大可不必大老遠的去見她，但也許有一部分是為了滿足我自己的好奇心，我循著資料上的地址去拜訪林郁涵，印象中像是天使一樣的林郁涵，現在跟我一樣是四十四歲，但卻比實際的年齡看起來蒼老許多，我想我也已經變了，因為她始終沒有認出我是誰。

她還以為我是寫著獵奇聳動報導的八卦無良記者，十四歲時，我一定不會想到這些字眼會從仙女林郁涵嘴中吐出來趕我離開，我想在這之前一定有很多記者為了她生下的那個殺嬰兇手來打擾她，直到我表明真正的來意，她才停止用粗鄙的髒字辱罵我。

我說要請她到附近的咖啡廳，她才願意給我一杯咖啡的時間跟她談談，她被菸熏黃的手指夾著紅色dunhill細細的菸捲，說這件事情跟她無關，她不知道自己為什麼會生出一個殺人犯，就算會被判處死刑都無所謂。還說那個孩子跟她一點都不親，不知道為什麼這個孩子不得她的緣分，雖然是從她的肚子裡生下，但一看就覺得討厭。

「早知道就不要生下她了。」她深吸了一口菸。「就跟我媽說過的一樣，早知道會這樣，就不要把我生下。」

並不是所有的母愛都無私，相反的，母愛其實很自私，充滿了條件、充滿了限制。因為你是乖巧可愛的孩子，所以母親疼你；因為你考試一百分，所以母親喜歡你；因為你的出生符合期待，所以母親愛你。

我不禁想起當年只有十四歲，因為談戀愛被母親打斷牙齒、剪掉頭髮的林郁涵，三十年後卻坐在我的面前，跟著別人一起落井下石，就連她都不想理解自己的女兒為什麼會犯下滔天大罪。

而當年的我也很有可能變成這樣，我看著她感到不寒而慄。

我相信很多人在知道我的成長背景後一定會說，就算沒有在最好的環境下成長，妳也好手好腳、健健康康，順利地成為一個大人，擁有一份還算可以的工作、有那麼一點點成就，都是因為妳的母親生下了妳，妳才會有今天，到底有什麼好怨天尤人的？現在妳擁有一點點成就，一切都該感激妳的母親才是啊。

但相信我，我能走到今天，絕對比一般人花了更多的時間與力氣，因為在我身旁並沒有一個可靠的大人能夠成為我的支柱，在我快要跌倒的時候扶我一把，在我走錯方向的時候用智慧指引我正確的方向。甚至連十四歲那年，我在文具店被性侵了都不自知，我不知道原來別人不可以這樣觸碰我的身體，因為沒有人教過我，我唯一想到的不是求助，而是努力想要掩蓋我被侵犯的事實，因為我知道說出來可能會遭遇更多的指責。我是跌跌撞撞、傷痕累累，踏過了荊棘與荒原才走到了這裡。

我不禁懷疑母性到底是什麼？那種無私偉大的愛，真的是天生就存在於女人身體裡的機制嗎？母親就是理所應當會愛自己的小孩嗎？但為什麼我的母親從未對我展現出母性的光輝？

我帶著這樣的困惑與不平，一直到十四歲那年，我在廁所裡生下一個未足月的男胎時，我才確切地明白，原來並不是所有的母親都會愛自己的孩子。

母性，是女人違背了人性，是母親捨棄了自己的慾望與恐懼，來愛一個除了自己以外的生命，母性絕對不是女人生來就具備的本能。

未成年生下一個小孩的我，沒有喜悅地哭著把他抱進我的懷裡，用從我的乳房中分泌的乳汁餵哺，沒有感動得讚嘆生命的美好。

我嚇壞了，一個在學校廁所裡生下一個嬰兒的十四歲少女的本能反應，是不斷地沖馬桶，看看是否可以把那一團從我身體裡掉下來的肉塊沖走，但那是一個已經成形的胎兒，卡在馬桶的洞裡載浮載沉，根本無法被沖掉。

於是我用染了血的雙手，閉著眼睛，把剛剛才從我的身體裡出生的孩子裝進垃圾桶的塑膠袋裡，偷偷拿到樹林裡掩埋，為了不讓野狗把他的屍體翻出來，我挖了一個足夠深的洞把他的屍體埋起來，用腳把埋著他的泥土踩得密密實實，慎重起見還搬了一些石頭壓住深埋著那孩子的泥土。接下來有好一陣子，十四歲的我每天都提心吊膽，怕別人會發現我未成年生下一個嬰兒的事情。

我不確定生下他的當下，他是否還有一息尚存，因為我真的嚇壞了，連看都不敢多看一眼。

如果我立刻向大人說我在廁所生下一個小孩，若得到適當的醫療與救治，這個孩子是否會活下來？現在已經不可知。但當時的我唯一想到的事情是，我不能變成下一個林郁涵，我不能因為未婚懷孕生下了一個小孩，就遭受別人的指指點點、用難聽的話說我、向我潑髒水。因為不會有人諒解那是我的年少無知，不會有人理解十四歲的我從來都沒被教導對身體、對情慾的認知，大人一昧的只想掩蓋我們本因理解的那些事實，所以當我連犯下錯誤的時候都不自知，反而會將我看做一個不知檢點的蕩婦，貪戀淫慾、對著男人張開大腿，最後生下了一個不被祝福的生命。

我可以想像大部分的人都會說，這樣的人沒有資格可以成為人母。所有的人都只會口誅筆伐別人的錯誤，因為那是再簡單不過的事情，卻不會去思考這些錯誤的背後，到底有多少盤根錯節的因素，迫使我們犯下了這些錯？

就像那個女人在犯下殺害兩個嬰兒的罪刑背後，到底有多少沒被別人看見的痛苦，是怎麼樣的忽視，讓一個小孩死在家中足足一個星期，住在同一個屋簷下的家人，包括公公、婆婆、小叔、小嬸、丈夫與女兒全都沒有發現？在此之前她們母女到底受到多少忽略與冷淡的對待？就像十四歲的我還不明白生育是怎麼一回事，就生下了一個孩子，居然身邊沒有一個大人察覺我懷孕了，年幼無知的我也不知道這些現象就是懷孕的徵兆，還以為是本來就肥胖的我又更胖了，是我自己一個人偷偷將孩子屍體埋起來，這個祕密一藏就是將近三十年。

雖然我知道自己確實犯下了一個不可饒恕的錯誤，但我到現在還是認為，相較於林郁涵，我是幸運的。

我離開了那個一直都想要逃離的小鎮到外地念大學，母親完全沒有資助我學費與生活費，還責怪我想要念大學的想法很自私，女人為什麼要念這麼多書？應該要早點去工作賺錢，幫忙償還她與男友欠下的債務。

小時候的我希望自己不是被這種不負責任的母親生下，當別人都在歌頌著母愛的時候，我卻無法理解，甚至覺得別人為偉大的母親歌功頌德的行為刺傷了我，到底是為什麼，別人輕而易舉得到的母愛，對我來說卻求而不得？是我做錯了什麼嗎？

我有幸在成為第二次母親以前，遇見發現我有傷痛的老師，點醒了我，唯有接受教育與接受心理輔導才可能逆轉人生，不然我很有可能會步上母親的後塵，於是我把心中的傷痛化成語言，告訴可以信任的大人，他告訴我要原諒母親不是神，為母則強不是她生來就具備的能力，母親也只是一個平凡的普通人，並且停止抱怨自己的人生，才有能力跳出那些迴圈。

我不顧母親的極力反對，挑了一所離家很遠的大學，為了生活我要打好幾份工才能勉強支撐下去，因為有免費的供餐，所以選擇在學校附近的快餐店打工，老闆娘知道我的情況所以特別照顧我，不只供應員工餐給我，還會在打烊以後，把當天賣剩的熟食讓我拿回家當明天的午餐，真的把我當成自己的孩子照顧，讓我有機會在艱困的環境下完成學業，畢業時還來參加我的畢業典禮，直到現在我們還時常聯絡。

我也想起了林郁涵，想起林郁涵的母親，也想起了若是廁所裡生下的孩子活下來而成為人母的我，會不會變成跟她們一樣？那個孩子還活著，我真的還會是現在的我嗎？我依舊可以打破貧窮的輪迴完成學業，成為一名心理師，認識現在的丈夫，生下一個可愛的女兒，然後過著幸福快樂的日子嗎？還是我成為一個失職的母親，再製造一個不幸福的孩子，就這樣惡性循環下去？

如果，林郁涵的母親選擇跟她一起面對，將在青春路上不小心失足的她扶起，而不是像發瘋一樣剪光她的頭髮，凌辱著為自己所犯下的錯誤而付出代價的她，若是有人曾經給林郁涵一次機會，為她伸出援手，讓她在有人扶持的狀況下養育那個孩子，現在還會發生這種遺憾嗎？

我回到家，我的丈夫正在教剛上小學的女兒寫作業，女兒聽見開門的聲音，咚咚咚地奔向我，我擁抱著她柔軟溫暖的身體，在她的頭髮上深吸了一口氣。

「媽媽，妳回來了啊？」

不知為什麼，看著這個孩子幸福的笑容，想起了那個女人，想起了十四歲的林郁涵還有年少的我，鼻頭發酸。

如果可以，我好想要以一個大人的姿態擁抱著小時候受過傷的我們，告訴她們，這不全然是妳的錯，縱使妳有錯，也是因為沒有人告訴當時徬徨無助的妳，妳還有其他選擇。

我們是母親的受害者，從一個受傷的孩子變成千瘡百孔的大人，沒有人及時替我們伸出援手，我相信我們不會是第一個，也不會是最後一個受害者，但我唯一能做的，就是奮力跳脫出這個迴圈，讓我的孩子不遭受我的毒手，不要成為在母愛之下千瘡百孔的大人，成為加害孩子的母親。

母愛

在四個床位一室的特殊病房，開放探視的時間裡，我總是每天最早到、最後一個離開的人。躺在對面床位的那個太太剛進來還不到半年，前幾個月她的女兒與丈夫還偶爾會來探望她，但也只是跟護理人員說說話，問問那個女人是否有進展，坐不到五分鐘就離開了，到現在也有一兩個月沒再見過有任何人來探望她。

聽在這裡工作的護理人員說，住在這樣特殊的照護機構裡，有近七成的家屬在一年之後就不曾再來探視過這些躺在病床上、或許永遠都無法再清醒的人，一直到他們死亡為止。

護理師說，或許是這些家屬無法承受原本活蹦亂跳，會笑會說話的親人變成毫無意識、沒有反應的植物，所以才不忍來探望。護理師還欣慰的說，像我這樣每天風雨無阻來報到的人已經不多了。

妳已經躺在這張病床上三年了，這三年來無論是晴天還是雨天，我每天都來醫院探望妳，因為就算這些特殊的照護機構有專業的醫護人員，一個人要照顧八到十個病床，早就分身乏術，還是不如自己的母親來得細心，對吧？

按摩與翻身是最重要的，人類的身體用進廢退，很多人在病床上躺久了肌肉就會萎縮，背上就會長滿褥瘡，我每天都會花很多時間為妳按摩，減緩妳身體退化的速度，但妳的肌肉已經越來越無力了，妳的腳背都已經挺不起來了。

妳掉下去以後，被送進了醫院，全身上下插滿管線，當時醫生說，要不要放棄治療？因為就算等到妳可以自主呼吸時也有可能變成植物人，不如在這個時候讓妳好好的走。我指著醫生的鼻子說：哪有母親會放棄自己的孩子？要救，一定要救！

妳看看妳，現在不是活下來了嗎？有時妳會張開眼，偶爾妳的眼角還會流下淚滴，不就是妳還活著的證據？只是妳的靈魂被困在身體裡面了。沒關係，無論多久，媽媽都會等妳。

我去洗手間打了一盆溫水，替妳把身上的衣服脫下，幫妳清理排泄物，妳看，除了母親，有誰會心甘情願地為妳這樣做？

用沾了水的毛巾溫柔地擦拭著妳的皮膚。剪剪指甲，修整一下長得太長的瀏海，然後用瀏海蓋住妳從樓上跌落地面時額頭上凹下去的疤痕。

大多數病患的家屬都會在護理人員的建議之下，選擇把病人的頭髮剃光或剪短，因為不好整理，但妳從小就留著這一頭烏黑的長髮，是我每天細心照料的，怎麼捨得就這樣剪掉了？於是我每天都來替妳梳頭髮，再綁上漂亮的麻花辮，別上可愛的髮夾。

女兒啊，我就說不會有任何人像母親一樣深愛自己的孩子吧？妳看看妳當初為了那個男人跟我決裂，但是從事發到現在，那個男人可從來都沒有探望妳一次，還極力撇清跟妳的關係呢。妳以為要是自己真的懷上了他的孩子，他就會回心轉意？真是太天真了。男人哪裡可以理解做母親的辛苦？母親的愛才是唯一不會改變的。

不過媽媽也不是一開始就會當媽媽的，媽媽也是努力學習，才成為一個稱職的媽媽唷。還記得我生下第一個孩子的時候，我真的還沒有準備好要當個母親就懷孕了，以前我也不太喜歡孩子，覺得小孩就是又吵又鬧，我根本沒有自信可以成為好媽媽，也不確定自己真的會愛這個小孩，也不想成為母親，想要把他拿掉，但是身旁的人一直勸我說，母親生下了孩子就會愛自己的小孩，因為這是天性，但這句話根本就是旁人想要誆騙我的狗屁，我就沒有如他們所說自然而然深愛那個孩子啊。

懷胎的十個月極其辛苦，每天都昏昏沉沉的，不是想睡覺就是想吐，站著想吐、坐著想吐、躺著也想吐，不吃想要吐吃飽了更想吐，但別人都覺得我只是假借懷孕恃寵而驕，根本就不能理解我有多痛苦。終於熬過了十個月，要臨盆的那一天，孩子太大了生不下來，我哭著求他們讓我剖腹。

但妳奶奶卻說，自然產才好，孩子要從母親的產道裡生下，唯有經歷撕裂身體的痛楚，母親才有資格成為真正的母親，才能體會成為人母的辛苦，以後才懂得如何愛自己的孩子，還說都是我懷孕的時候沒有運動，所以孩子生不下來。還說她懷兩個孩子時，每天都做牛做馬的，所以生孩子就像生雞蛋一樣輕鬆容易。

該死的老太婆！就只會說風涼話，連我要怎麼生下孩子都要指手畫腳的嗎？而那時我才意識到自己居然嫁了一個沒有用的男人，連吭都不敢吭一聲，就只會一直叫我爬樓梯，痛了十幾個小時，爬樓梯都爬到腰痠腿軟了，但我真的生不下來啊，醫生才說再不生，孩子與母親都會有危險，妳奶奶才勉強點頭讓我剖腹生下那個小孩。

全家人都樂壞了，尤其是妳的奶奶，但我卻不知怎麼的，就是開心不起來，我現在想想，那時的自己應該是得了產後憂鬱症吧？否則為什麼我就是討厭我的孩子呢？

人說母親與孩子是心連心，母親必定會愛自己的小孩，但我就是無法喜歡那個哇哇大哭的孩子，連看都不想要多看一眼，一聽見他的哭聲我就覺得心情煩躁，看著產後自己變得又胖又醜，一層又一層的肥肉堆積在我的身體上，原本乾淨平滑的皮膚長滿斑點與痘痘，一想到都是因為生下了那個孩子才造成的，就更無法喜歡那個孩子。

煩死人了，為什麼我要生下他？要是他沒有出生就好了……這些話不斷在我腦袋中浮現。

而且不知道為什麼，我的胸部脹得像氣球一樣，就是連一滴奶都擠不出來餵養我的小孩。我也很困擾，我也很痛苦，我也很愧疚啊，但就是沒有人諒解我，還指責是我這個做母親的沒有為自己的孩子努力。我也很想要用我自己的奶水餵養他，也很想要愛他，我也很想要做一個好母親啊，但我就是辦不到，到底要我怎麼樣？我又不能因為後悔把他塞回肚子裡啊，一切的痛苦也都只有我來承受了，其他人到底有什麼資格來指責我是個不稱職的媽媽？

於是某一天，那個孩子又開始沒來由地大哭大鬧，尿布沒有濕，也不是肚子餓，無論我怎麼哄、怎麼騙，他就是不停地哭、不停地哭、不停地哭。

我真的快要瘋掉了，把他從嬰兒床上抱起來，用力搖晃他，對著他大吼：

「**你到底想要怎麼樣？**」

「**閉嘴！**」

「**閉上你的嘴巴！**」

當我回過神來，那孩子已經躺在地上，一動也不動，不哭也不鬧。我才意識到自己不小心摔死了他。

於是我慌張地想逃，穿著單薄的睡衣衝出家門，過了幾分鐘以後才冷靜下來。

不對，說不定這孩子還有救，快點將他送去醫院。

但是急診室一定會通報，我要怎麼向警察解釋這件事？

只要掰一個謊言就好，說他是不小心跌到地上，不會有人懷疑一個母親會把自己親生的孩子摔死的，只要堅稱一切都是意外就可以了。

於是我冷靜下來，返回家中。上樓，看見大嫂站在我的房間裡，雙眼無神的看著倒在地上的孩子。我靈機一動，想到只要把一切罪過推到她身上就好了。於是我對著她大叫：

「大嫂，妳在幹什麼？」

「孩子在地上睡著了。」

她指著躺在地上的小孩，像個魂不附體的行屍走肉般說著。

我衝上前去抱起孩子，哭得肝腸寸斷，在這之前我都不曉得原來自己還有這種演技，連我都佩服自己能夠在那種時候擠出眼淚。

「妳為什麼要殺我的孩子？」

「我、我沒有。」她慌張地說。

妳這個殺人兇手！

於是我成功的把摔死孩子的罪過推給了她，警方之所以絲毫沒有懷疑這樣的說詞，我想多半是因為她之前就曾經有過一些奇怪的舉動，不小心拿刀傷了我的老公，也就是妳的叔叔，還企圖悶死那個小孩，全家人都很忌憚她那顆不定時炸彈，就連她自己的丈夫都相信我的孩子就是她殺的。

而且當警方衝進她的房間時，發現她居然把剛剛滿月的女兒餓死在自己的房間裡，企圖用香水的味道掩蓋屍臭。當警方到場勘驗的時候，她的房間到處瀰漫著腐壞的惡臭與香味夾雜的味道，房間裡到處都是蒼蠅，孩子的屍體被蛆爬滿，棉被都被屍水濕透了，所以很容易就相信是她情緒失控，不僅餓死了自己的小孩，還殺了我的孩子，自然就沒有人懷疑到我的頭上來。

不過我也不是沒有悔悟之心的壞人啊，我也是不小心才摔死了自己的孩子，我真的不是故意的，誰叫她要剛剛好站在那邊，讓所有人都認為是她殺了我的孩子？在法庭上，我聲淚俱下的跟法官求情，說念在我們曾經是一家人，相信她只是一時失控才會犯下滔天大錯，請大家原諒她，而且大家都相信她一定是有精神異常才會犯下這種罪刑，不用幾年後就會被放出來了，誰知道她居然在裡面自殺了……。

而我也為了贖罪，所以領養了妳啊。當時妳爸爸說無法面對自己的女兒居然是從殺人兇手的肚子裡出生，所以想要把妳安置在社福機構，是我說要撫養妳的，妳應該感謝我啊。

我一直以為我就是個天生沒有母愛的女人，但妳成就了我的母愛啊。

妳看，我這不就是把妳養成了一個完美無瑕的乖孩子嗎？妳按照我的期望長成了一個可愛的女孩，直到妳遇見了那個男人……最後妳還是為了一個男人而決定背棄我，我真的感到很心寒。妳忘了是誰一手把妳養育成人嗎？是我啊。所以我不能忍受別人欺負妳，那個囂張的女人欺負妳，說妳很奇怪。

妳才不奇怪，妳是我養育出來的寶貝啊，我不許別人這樣說妳。而且正是因為有愛才會提心吊膽、患得患失、幾近癲狂的不是嗎？就像那時我發現了妳的異狀，所以跟蹤妳上下班啊，那是因為我愛妳才這樣做的啊，不然我怎麼會看見那女人羞辱妳的那一幕。不過沒關係，媽媽已經替妳討回公道了，只是她那樣的女人沒被撞死真的太可惜了。

雖然我們沒有血緣關係，但我對妳的愛從來都不曾少過，不就證明了其實我也是一個擁有母愛的女人嗎？是妳成全了我的母性啊，妳怎能在這個時候拋棄了我？

那天妳一身濕透的回到家收拾東西，我問妳要做什麼？妳說妳要離開這個家，再也不會回來。我企圖阻止妳，妳卻甩開了我的手，罵我是噁心的殺人兇手，指著我的鼻子大叫：

「都是妳害我的，都是因為妳，我才會有這種爛透了的人生！我要離開這裡，再也不要活在妳的控制之下。」

妳知道當妳說出這句話，我有多傷心嗎？雖然妳不是從我的肚子裡出生，但我們的關聯卻比血緣還要深、還要濃，妳是我這輩子最疼愛的人啊，妳怎麼能對我說出這種話？

我不讓妳走，妳堅持要離開，我抓住了妳的辮子，妳痛得尖叫轉過身來打了我……。

我是妳的母親，妳怎麼可以為了一個男人動手打我？難道妳不知道我才是這世界上最愛妳的人嗎？於是我一氣之下，把妳拖到陽台，我原本只是想要嚇嚇妳，但怎麼知道妳真的摔下去了？

我真的不是故意的啊……但妳怎麼可以這樣對我呢？我才是真正愛妳的人啊。

不過沒有關係，即使妳都變成這個樣子了，我還是會永遠愛妳，即使醫生說妳可能永遠都無法清醒。

妳又流淚了，乖，不要哭，我會永遠愛妳的。

我真的很努力要當一個好媽媽。

再給媽媽一次機會，好不好？

我會是一個好媽媽的。

推薦文　母愛有陰晴圓缺，望周知

吳曉樂／作家

直到由丈夫口中吐出主角的名字杏芬，我才暫時從故事裡的「我」掙脫出，爭取到喝茶喘氣的餘裕。太驚人了，第一人稱單數果然最是魔幻，尤其是從一肚子壞心眼的人物發動，就彷彿是附魂在別人的身體上，目睹一切，卻又倖免於難。讀小說，有時就圖這酣暢痛快。四絃是近年內我看過最慎重看待「母愛」二字的作家，因為慎重，才可以挑出過往世俗母愛文本裡充斥的自欺、破綻與前後矛盾。

大學修習了一門社工系開設、關乎家庭的課程，教授屢屢提醒我們在家庭關係裡「定性」的重要，因我們常藉由名詞來赦免、縱容某些人的責任，而讓表面上的加害者，實為結構上的弱者承受全數罪責，藉此捉小放大，也為悲劇背後的偌大結構擦脂抹粉。循此觀點，切入《抱歉，我討厭我的孩子》第一部〈授乳〉，應能觀察出「妯娌不合」之外的端倪。

敘事者杏芬婚後，她遷入夫家，屋簷下有需人看照的公公，慣於為老家背書的長子，備受母親溺愛的次子，偏心且重男輕女的婆婆。背景一字陳列，隱約可窺底下浮現出一把手槍的輪廓，你心有預感，大事不妙。很快地，次子之妻芯妮腹中胎兒性別揭曉，是婆婆夢寐以求的金孫，杏芬受命腆著肚子伺候芯妮。日後，杏芬生產，她與誕下的二女兒備受婆婆冷落，打從病房等級、補湯來源至月子天數，無一不是明目張膽告知杏芬「她跟她的女兒是次級品」。一連串的奚落、嘲諷和差別待遇，讀者都彷彿目睹了子彈一發，緊接著一發填入彈巢的膛室，危險等級正在攀升，過程中，不是沒有誰試著介入、減緩張力，然而杏芬早已深陷歇斯底里，她一路接受到的善意過於稀薄，人生早已淪成修羅場。

四絃非常善於創造故事衝突，觀眾無止盡地為人物的命運提心吊膽，每翻一頁你都能清楚感受到杏芬又被逼往絕境一步。她每個身分的價值被壓榨至一滴不剩，做妻子的，做媳婦的，做母親的……甚至辛苦擠出的乳水都被婆婆擅自挪用為金孫的營養補充，當槍聲響起，厄運降臨，你回頭審視若干情節，發現每一步驟環環相扣，緊湊周密得彷彿是天註定。杏芬有罪，誰又能侈談自己無辜？弔詭的是，這一家人倒也說不上有誰多邪惡。這就是為什麼我們有必要仔仔細細地看進結構，因結構會借力使力，借刀殺人。杏芬是把被借的刀。沒收了一把，還會有第二把，處決了杏芬，也會有第二個杏芬，只要我們不揪出那隻無形的手，血是流不完的。況且，杏芬還告訴你，她從來不想步上母親後塵，她極想做個好媽媽。杏芬不只是杏芬。

〈女孩與陰道〉，四絃描繪了一個栩栩如生的女孩失樂園，兩位要角林郁涵跟徐小雯於條件上是雲泥之別，容貌姣好又知書達禮的林郁涵佔盡人情義理的無限便宜，所有人都愛她，而貌不驚人、出身貧戶的徐小雯只能看人臉色。讓她們產生交集的是「性」，徐小雯無意間撞見林郁涵被家教老師「誘姦」，易言之，她意識到這位同學有了「性」的麻煩，然而，她亦自身難保，先是被文具店老闆侵犯，後來找她做愛的男同學，以各種形式賤斥她的肉身。四絃既寫出了，不問美醜，妳，身為女子，一輩子，都無可避免要遇上幾次「性」的麻煩；另一方面，她又顧及了，林郁涵的哀愁跟徐小雯的哀愁，終究是有那麼一點不同，畢竟，身為「第二性」，每個人，被形塑為女人的經過——自然也是有別。這兩項看似有些矛盾的認知，在四絃筆下交織得恰如其分，她賦予了徐小雯生命，也沒有藐視林郁涵的靈魂。兩名女子連自己被奪走了什麼都無從辨識，有些傷害是內在的核爆，當下沒事，一段時日才從裡而外地翻開潰爛，你深諳局外人並不無辜，但也分說不清罪咎為何，再一次地，你感應到故事底下的脈動：人物所身處的社會讓人相互殘殺得理所當然。

第三部〈高塔上的公主〉不僅把「母愛」做了更細緻的梳繹，細讀又能意識到延續著〈授乳〉、〈女孩與陰道〉的脈絡：每一個女人，都行過「習得性無助」的幽谷，此一理論模型來自一九六〇年代Martin Seligman所執行的動物實驗：在籠子裡反覆遭到電擊的狗，只要聽到電擊的信號音，即使這一回籠門開啟，他們也只會倒在地上痛苦地呻吟，而不是逃離籠子。因他們已從過往的經驗學習到「自己的掙扎不會改變任何結果」。敘事者周佳嘉的世界，在母親的規劃下，只有母女二人。周佳嘉做了許多嘗試想撤退至「安全距離」，母親卻也利用成人的優勢跟世人的漠視，消解了女兒的努力，最終周佳嘉墜入強大的自我欺騙，深信終有一日白馬王子會來拯救她。此篇跟前面〈授乳〉、〈女孩與陰道〉有殊途同歸之效，受暴的女子不信任自己可循正常管道解決人生的疑難，因「公義」始終站在反方，為此，他們採取了對世界也對自己最粗暴的手法畫上句點。

最末〈輪迴〉交代了這些角色背後共享的宇宙，把前面所埋藏的伏筆做了完整且別出心裁的收束，同時透過二十幾年後的徐小雯與芯妮，道出整本書的命題：「母愛的多義性」。近年，許多論者指出「聖母形象」是把雙面刃，母愛必須無私，為兒女傾盡所有，母愛日益被形容為陽光般燦爛且無微不至的暖明，人子因此恆常失落於身後巨大的陰影，有苦難言，受了傷也不被社會所承認。二〇一八年，日本發生人倫慘案，女子桐生希望殺害了母親並將其分屍，經過深入調查，方知至少九年的時光，桐生希望活在母親「考上醫學系」的執念，母親沒收了她的手機，還要求共浴來掌握女兒一舉一動，桐生希望曾以自殺、離家出走、打工自食其力來閃避母親的控制，卻又在母親報警協尋之後被迫返家。桐生希望竟是在入獄後，才從他人口中逐漸確認到，自己將近十年形同軟禁的生活，也能被稱為虐待，意即，她也不自覺地背負著「天下無不是的父母」的枷鎖，不敢輕率質疑母親施加於自己身上的措施，她不斷忍耐，直到忍無可忍的最後一天。若世人能夠坦率直面，母愛是人性的一環，有陰晴圓缺，亦有雜質、私慾等暗面，我們才有可能終止對母愛的無盡執著與等待，把人的主體性還給母親，也把相同的禮物餽贈給自己，進一步掙脫施暴與受暴的循環，如故事裡的徐小雯，在幽暗的真相之中，搖搖晃晃地拼湊出活路。

推薦文　缺席的男人，互相磨傷的女人

林靜儀／中山醫學大學附設醫院婦產科醫師

《抱歉，我討厭我的孩子》是一部帶來很多衝擊的作品。不僅僅是書名，內容更是沉痛赤裸的衝擊。

但是，討厭自己的孩子為什麼要道歉？每一個透過女人的身體來到這個世界上的孩子，在懷孕過程改變了母體的免疫反應、帶來荷爾蒙的不適、壓迫骨盆、推擠腸胃、彎曲脊椎、壓縮胸腔；順利的，擠開膀胱與直腸，把陰道擴張到難以想像的尺寸、撕裂會陰部的組織與皮膚，導致持續幾天的會陰腫脹、排尿困難，甚或終生的漏尿與脫垂的生殖器，迎來一個不斷需索乳汁與二十四小時不間斷關照的生命；不順利的，在先進醫療的年代，由利刃割開皮膚、劃開脂肪、撕裂腹腔筋膜、扯開肌肉與腹膜、切開子宮，掏出那個用疼痛折磨了女人幾十小時的小生命，而若在缺乏醫療的年代，則很可能直接把那女人一起帶進死亡。

為什麼對於一個撕扯自己內臟、改變自己身體、佔據自己生活的另一個人，必須充滿愛？

因為那是母親，以及她所孕育帶來的生命嗎？

而母親這個身分，不就是成立在那個折磨與改變她人生的生命，呼吸了第一口空氣的那一刻嗎？

或許在知識、教育、經濟支持與避孕和計劃生育的年代，我們可以假設多數的女人是在充分認知與規劃的情況下，心甘情願讓那個影響她一生身心的生命，成為她終生的責任與牽掛，但是，難道就沒有許多女人，是在不明就裡之下、無從選擇的，迎來了影響她一輩子的那個生命嗎？這樣，她們有具備了什麼特殊生理與精神機轉，讓她們依然心悅誠服嗎？依然滿懷愉悅嗎？保持無怨無悔嗎？

我並非要說生孩子有多可怕、多負面，而是，我們的社會與文化美化了多少母職的想像，而不願意承認進入母職的女性有多少衝突與矛盾，無奈或困惑？

以色列性別與社會學研究學者Orna Donath的著作《Regretting Motherhood》（《後悔當媽媽》，光現出版，二〇一六）訪談了不同年齡、婚姻狀態與階級的婦女，讓她們說出對於自己擔任母職（motherhood）的感受，尤其她們「是否後悔」；這樣的研究與訪談為何讓人感到恐懼或焦慮？一旦女人全面承認擔任母職是負面的、感到失落的、後悔的，那不就打破了數百年來對於女性先天愛孩子、有耐心、願意犧牲奉獻的假設了嗎？後面沒說的是，「如果她們不再願意擔任母職，怎麼辦？」「如果她們不再提供無限量的親職服務與關愛陪伴，可怎麼辦才好？」「如果她們也像醫療照護、高齡照護，專業化且計價，那還得了？」

不是要斤斤計較母親對於孩子的陪伴變成論件計酬或小時計費，而是當多數勞務與照護工作都被視為有償的職務分工時，母職卻永遠停留在只有母親節的時候被稱讚「感謝母親無私的付出」，這從未被視為一種剝削或者勒索。

承認「母職」是充滿挫折、是犧牲許多自我、壓縮自己需求的，是否就會帶來女性的全然「叛變」？——我認為不會。但是那才能讓社會與家庭願意承認和重新看待，應該給予擔任母職者多少支援、多少協助、多少實質的誘因，不論經濟上或是制度上，以及，與擔任母職者討論，這工作的暫停與終止時程。

我的書《診間裡的女人1、2》（鏡文學）出版之後，獲得許多女人對於生育壓力與生殖角色的共鳴；我相信《抱歉，我討厭我的孩子》也會讓非常多女性想起自己或身邊的親友，曾經歷過對於性、懷孕分娩、生育壓力以及對女性的各種性別不平等的感受；尤其在本書中，無論是青春期女孩對性的探索與其所受的污名、對未成年懷孕的無助與其所受的責難，還有進入婚姻擔任母職的壓力、禁錮與互相爭奪資源，以及亙古以來重男輕女觀念之下的悲劇，都有非常深刻的描述，這些描述，字裡行間都讓人感到非常疼痛。

但是男性在生殖議題上，彷彿總是個缺席角色，或是個隱身的幽靈。所有女性的生殖，男性都是必要角色，即使科技協助下，或許不再透過身體交媾的行為，但也必須有來自男性的生殖細胞；而台灣的人工生殖法規定，要接受人工協助生殖技術，必須是合法夫妻，也就是說，不論是透過自然或人工，「被接受」的懷孕，必須在「男性合法的參與」之下。

不論是人工協助生殖技術允許施術者的「合法男性」，或是台灣普遍對於男女結婚生育用「修成正果」的形容，其實都證實了《抱歉，我討厭我的孩子》書中青少女非預期懷孕所承受的指責壓力，因為那不是「被允許」發生關係之下的產物。我們的社會非常支持與肯定「以生殖為前提」的性，但是這個性被允許發生的前提，是年齡、身分和時間都受社會與家庭所認證；我在參加婚宴時常常覺得很有趣，眾人不分老少，聚在一起祝福一對男女「早生貴子」，說穿了不就是公眾在儀式中一同允許他們在當晚之後進行「以生殖為前提的交媾」嗎？尤其具有已婚身分之後的女性，周邊的人赤裸而且充滿「善意」的「關懷」她：「有沒有好消息了？」「是不是有什麼困難？」「要不要去檢查看看？」說起來，是直接探問她在私領域的性交行為，如此直接且公開的對於某些樣態條件下性交頻率的確認。

老實說我無從得知，男性在他的群體中，是否會這樣不禮貌地被探詢、被假設或被要求，但男性在性事的積極主動是被允許的，甚至連「難以克制衝動」都被認為「需要體諒」；青少年在性探索之後的生育問題、婚姻中生育責任的壓力，男性似乎比較容易逃脫、可以躲避。《抱歉，我討厭我的孩子》中的女人，不論是非預期懷孕的青少女，或是婚姻中進入生育責任的已婚成年女性，承擔的巨大壓力、甚至羞辱，我相信女性讀者多數能夠感受，因為那幾乎刻畫在台灣女性的生命經驗中。但是男性呢？書中的男性，不論是探索與掠奪身體的男性，或是自己的妻子在窄小家庭關係中折磨與痛苦的男性，彷彿沒有受到一絲壓力，不需承擔一些責任，與他們沒有一點關係，只要最後以「女人何苦為難女人」就可以作結。

我相信本書不是故意塑造出缺席無聲的男人們，而是在我們的社會中，允許男性在性與生殖責任中滑溜的躲開。如果我們在讀完這部赤裸沈重的作品之後，覺得有所共鳴或憤慨，我認為我們都必須開始讓男性在生殖責任與討論中，出現他們的身影，而不再是個透明的幽靈，看著在由他們建構起的制度中，上演所謂女人與女人之間的彼此折磨。

鏡小說
045

抱歉，我討厭我的孩子

作　　者：四紘
責任編輯：黃深、林芳如
責任企劃：林宛萱
整合行銷：何文君
裝幀設計：蕭旭芳
主　　編：劉璞
副總編輯：林毓瑜
總 編 輯：董成瑜
發 行 人：裴偉

出　　版：鏡文學股份有限公司
114066 台北市內湖區堤頂大道一段 365 號 7 樓
電　　話：02-6633-3500
傳　　真：02-6633-3544
讀者服務信箱：MF.Publication@mirrorfiction.com

總 經 銷：大和書報圖書股份有限公司
242 新北市新莊區五工五路 2 號
電　　話：02-8990-2588
傳　　真：02-2299-7900

內頁排版：宸遠彩藝
印　　刷：漾格科技股份有限公司
出版日期：2021 年 4 月 初版一刷
I S B N：978-986-06113-0-4
定　　價：420 元

國家圖書館出版品預行編目 (CIP) 資料

抱歉，我討厭我的孩子 / 四紘著. -- 初版.
-- 臺北市 : 鏡文學, 2021.04
面 ; 14.8×21 公分 . -- (鏡小說 ; 45)
ISBN (平裝)978-986-06113-0-4

863.57　　110000999